ARE YOU
HAPPY WITH
WHO YOU ARE?
喜歡你的
人生嗎？
白狐——著
信步—繪
上

Chapter 01

「金牛座今日運勢，所有的倒楣事都可能發生，看似輕鬆的任務，其實危機四伏，還要格外小心……」舒清和盯著手機螢幕的雙眼先是瞪得老大，又微微瞇起，「從天而降的災厄？」

他不由自主地望了天花板的吊燈一眼，接著又覺得自己的行爲愚蠢可笑。什麼亂七八糟的星座運勢，妹妹還特別標註他，說是非看不可，害他以爲是要緊的大事，家庭群組果然充滿沒營養的訊息，早知道就不點開連結。

他嘆了口氣，開始尋找能表達無奈心情的貼圖回覆，機身忽然震動，暱稱廖伯的同事廖博元打了電話過來。

「小和，你在哪裡？萬禧飯店的人說準備好了，請我們過去。」

「眞的嗎？飯店用了『請』這個字嗎？」

「不要又在意一些奇怪的細節，快點過來啦！」

「知道了，馬上到！」

舒清和不再耽擱，背起腳邊的郵差包，把掛在脖子的採訪證拉正擺好，趕去和同事會合。他的腳步輕快，臉上堆滿笑容。

他是名八卦記者，俗稱狗仔，和專司攝影的廖博元爲同一家雜誌社工作。八卦記者聲名狼藉，用不光彩的手段取得新聞是家常便飯，還要經常被上頭逼著在報導裡加油添醋，甚至看照片編故事，是媒體業裡最不受歡迎的一群人。他們實在少有像今天這樣，被萬禧飯店客客氣氣邀請出席的場合，舒清和當然心情雀躍。

這種好事之所以發生，全是因爲萬歷集團的超級有錢大總裁要結婚了！總裁不但結婚，還是跟同性結婚。自總裁出櫃、宣布婚訊到籌辦婚禮，這一系列驚天動地的大新聞，已被各方媒體追著報導了好幾個月，至今熱度未減。

萬禧飯店正好是喜宴預定地，宴會廳正在大幅改裝，漆成紅金兩色的木板封住整層樓，形成了圍牆。

牆內的工事如火如荼，牆外的媒體騷擾窺探，三不五時就有未證實的傳聞流竄，在這段天下太平、沒有大事發生的日子裡，似乎全國百姓都在關注這場婚事。

舒清和猜測，飯店大概是被媒體煩到了極限，乾脆一口氣把大家都邀來，以遏止那些荒謬的小道消息繼續散播。

舒清和盡力不在飯店走廊跑起來，腳步在厚地毯上沒有製造出太明顯的聲響。他很快地來到宴會廳的樓層，看見一小群媒體同行聚集在木板圍牆邊，飯店公關正打著手勢說話，引導眾人穿過已開了鎖的出入口。

廖博元看見舒清和，舉手揮了揮，旁邊一顆腦袋也轉過來，往他的方向看。那人是舒清和大學的學姊郭可盼，學姊在《結婚吧！》情報誌工作，認識以來一直都對他很照顧。

舒清和加快腳步，跟上隊伍尾端，走在廖伯和郭可盼的正後方。

結婚情報誌刊載的內容和八卦雜誌天差地遠，在工作場合相遇實屬難得。舒清和揚起嘴角，準備問候學姊時，一隻腳正好跨進木板圍牆內，半完成的宴會廳鋪天蓋地湧進視野，那場面太過壯觀，登時讓他忘了要說的話。

好大！眼前的喜宴場地絕對是舒清和此生所見最大！雖然他才活到二十五歲，喜酒還沒吃過幾場，但他知道，這輩子不太可能見到更誇張的場地了。

喜宴場地由三個廳合併而成，極其寬敞，翻新與裝潢還在進行，不過已經夠讓參觀的媒體記者們雙眼忙碌。

萬禧飯店的建築主色調是橘金與棗紅，本就金碧輝煌，又引進新的自然元素，到處是各種各色的花朵、果實、枝葉，平面的、立體的，以巧妙的方式分布、堆疊。

彩色玻璃製成的蝴蝶停駐在花蕊和枝頭、在水晶吊燈上展翅、在彩色長窗裡若隱若現、在燈光下瑩瑩發亮。

繁花與彩蝶相互輝映，整個宴會廳就像封閉的宮殿敞開門窗，化爲……化爲……

喜歡你的人生嗎？ 6

舒清和想了想——一座秋天的花園！

文稿編輯隨即在他的腦中跳出來，對他猛搖手指，說他不夠浪漫、不夠新奇，不採用！

算了，反正下標題不是他的工作，他每次興致勃勃提供意見，哪次不是慘遭駁回？至少這一篇報導不會因爲文字不夠聳動而被挑剔，更好的是，沒有人在他的筆下受到冒犯，沒有人在採訪過程中朝他橫眉怒目。

他喜歡今天的任務，況且這在八卦記者的世界裡，是個難得的簡單任務……

「看似簡單的任務，其實危機四伏。」

啊，呸呸呸！不吉利的念頭走開！快走開！舒清和用力搖動腦袋，動作的幅度有點大，引來廖伯、學姊和周遭幾名同行的注意。好幾雙眼睛或憂心或煩躁地望過來，他感到臉頰發熱。

這不是他第一次因爲同業的目光而尷尬，採訪記者的工作不太適合他，連總編都說過幾次。

只是當初求職時選擇不多，他需要薪水養活自己、繳付學貸、盡力減輕家中的負擔。所以他抓住第一個錄取機會，過著穩定賺錢與儲蓄的生活，這就是現實人生，不是嗎？

舒清和沉浸在自己的思緒裡，心不在焉，差點撞上忽然停下腳步的廖博元。事實上，不僅廖伯，所有人都停了下來，抬頭仰望。舒清和跟隨大家的視線，這才發現他們已來到宴會廳的正中央。

一株人造假樹矗立在挑高玻璃穹頂下，軀幹粗大，姿態卻優雅，以極爲藝術的角度朝上方伸展。假樹表面覆著枝葉花果、蝴蝶飛鳥，和整個宴會廳是一致的風格。

根據飯店提供的書面資料，宴會廳的設計師是享譽國際的大人物，舒清和只是凡夫俗子，不敢說看得懂設計理念，但這株樹的確造得很美、很……藝術。

「好像有人要在樹上表演。」廖博元歪過頭來對舒清和說道。

舒清和凝目細看，樹上果然有數個大小不一的平台，高高低低從樹幹延伸出來。最大的平台將近兩層樓高，一架水晶鋼琴已安置在中央，琴身剔透，任光線自由穿梭，光是想像一下喜宴當晚的燈光效果，就令人興奮雀躍。

大樹正下方是一片略高於地面的橢圓形舞台，布置得花團錦簇。

飯店公關手持麥克風登上橢圓舞台，舒清和還在東張西望，公關客氣的社交問候從他的左耳進右耳出。

「——因此，爲了回應諸位的『熱情』，」公關的音調稍嫌不自然地拔高了些許，熱情兩個字彷彿從齒縫間勉強擠出，很明顯她有其他更想使用的詞，比如說「騷擾」之類的。「我們特別準備了一項驚喜。」

舒清和的注意力終於被拉回來，其他人也是如此，現場所有的視線都隨著公關的手勢，投向二層樓高的樹梢舞台。

原本空無一人的水晶鋼琴前不知何時多了一名俊美青年。

「藍思禮！」不只一個人脫口驚呼。

現場掀起一陣騷動，興奮的情緒席捲了整個宴會廳，眾人議論、詢問、交頭接耳，不敢相信今天的好運氣。

藍思禮是當今華語歌壇最紅、作品最暢銷的歌手，歌喉好、長相出色受歡迎，又具創作才華，任何東西和他沾上邊都能大賣狂賣，包括有他出現的報刊雜誌。

想想總編的笑容會有多燦爛！舒清和忍不住也感到欣喜，畢竟，誰不希望有個好心情的頂頭上司呢？

飯店公關對現場的反應十分滿意，笑容裡摻了幾分得意。她緊接著宣布，大明星藍思禮是喜宴當晚的表演嘉賓之一，而受邀前來的媒體們，將在今天搶先一睹部分的演出內容。

不知道是誰首先拍手鼓掌，第二、第三個人隨即響應，幾秒鐘內，熱烈的掌聲響徹整座廳堂。

藍思禮側過身來，朝台下點頭致意，他的淺棕色髮絲在燈光下像金子般閃亮。

掌聲好不容易止歇，廳內燈光同時熄滅。舒清和在黑暗中仰起頭，四周沒有半點雜音，每個人都跟他一樣屏息期待。

終於，鋼琴響起第一個音，照明設備啪一聲啓動，卻不是舒清和想像中氣氛滿分的夢幻燈光，而是讓眼睛反射性閉起的刺眼大燈。

琴音沒有繼續，舞台上傳來一聲不清晰的抱怨，藍思禮毫不遮掩他的不爽快，起身的動作很大，甚至說得上粗魯。這位大明星的脾氣不好，也是出了名的。

舒清和快速和伙伴交換了視線，廖伯圓圓的雙眼異常明亮，傳達出的訊息很明確。不需要是專家也能知道現場有某個環節出了差錯，而這個差錯會讓他們的報導更加有趣！

舒清和的內心正在交戰，不確定自己該不該譴責伙伴的壞心眼。

飯店公關抓著麥克風，匆匆登上橢圓形舞台。在她身後，許多人忙亂成一團。

「這就是爲什麼任何演出都需要排練……多次的事前排練。」儘管公關的表情看起來僵硬，笑容還勉強維持著，「工程團隊正在盡全力排除這個小小的障礙，預計再一個半小時就能恢復正常。耽誤到各位的時間，我們眞的感到非常抱歉！」

在公關不斷的致歉聲中，舒清和瞥見藍思禮從大樹底部出現，被好幾個人護送著離開宴會廳。

舒清和以及其他的媒體同仁們緊接著也被請走，轉往樓下的會議室度過等候時間。

會議室很寬敞，數張長桌圍成一個矩形，配置了充足的座椅和插座，飯店還周到地送來好幾盤點心和茶水咖啡。

舒清和爲自己倒了杯咖啡，每盤點心都拿了一塊，然後找了個偏角落的座位，邊吃邊記錄在宴會廳的所見所聞。

多數同行也跟他一樣，在桌面擺出筆電、平板或記事本，埋首工作，偶爾夾雜幾句抱怨，對被迫延長的停留時間感到焦慮。

廖博元端著咖啡在舒清和身旁落坐，開始檢視相機裡的照片檔案。舒清和湊過去看，看沒幾張，兩人的眉頭同時微微皺起。

廖博元是天生的八卦攝影記者，透過他的鏡頭，每張人臉都像壞胚子或受害者，連景物都古裡古怪。好好一座夢幻花園，他拍得像鬼屋中庭，彷彿下一刻就有妖魔鬼怪飛出來。

「呃，這些、這些照片眞的合用嗎？」舒清和小聲表達出自己的擔憂。他不希望這篇報導惹萬歷總裁不快，上一間幹出這種蠢事的雜誌社，現在已經變成瑜伽教室了。

「奇怪，」廖伯歪著頭，手指在機器上戳來點去，「難道是相機有問題？」

郭可盼坐在舒清和的另一側，嗤笑道：「不要牽拖，明明是攝影師有問題。」

「攝影師好得很。」廖伯伸長手臂越過舒清和，要拿郭可盼的相機，「喂，同行，讓我看看妳們拍了什麼！」

「誰跟你同行，髒手不要伸過來啦！」

舒清和笑看他們胡鬧，一面從口袋掏出正在震動的手機。

達令高孟璟。

略嫌肉麻的五個字顯示在螢幕上，是他的同居男友來電。

舒清和心頭一沉，匆匆向廖伯交代了一聲，便起身離開會議室。

高孟璟不喜歡張揚他們之間的關係，出了同居的公寓，兩人就像普通朋友，接到對方上班時間打來的電話，永遠不是件好事。

舒清和快速通過走廊，轉進無人的樓梯間後，才接起手機。

「小和！」電話另一頭傳來急切的聲音，「糟糕了，我把重要的文件忘在家裡沒帶出來！」

喔，還好人沒出什麼事。舒清和稍微鬆了口氣，「忘在哪裡？」

「應該在客廳，你沒在桌上看見一個大牛皮紙袋嗎？昨天你收拾的時候是怎麼搞的，都沒有提醒我。」

舒清和努力壓下心裡的委屈。對方是因爲心急，不是有意責怪，他應該當個好男友，多體諒一點，「好啦，是我疏忽了。」

昨晚太累，他只有隨手清掉便當盒、飲料罐之類的垃圾，沒有多注意其他東西，大概真的是他做得不好。

「你打算怎麼辦？」

「還能怎麼辦，你幫我送來啊！」高孟璟回答得理所當然。

「可是，」舒清和看了眼手錶，一個半小時之後他還有工作要做，「你不能自己回去拿嗎？」

「如果我現在把車開出去，回來很可能沒有地方停車，你騎機車比較方便。」

「搭捷運或公車呢？」

「拜託，那要花多少時間？我還不如先把辭呈寫一寫！」

「不然，計程車？」舒清和不死心地繼續提議。

「你要幫我出計程車錢嗎？」

那我的機車油錢又該怎麼算呢？我負擔全部的房租和水電讓你存錢，你還要計較偶爾一次的計程車錢？

但是舒清和不敢說出這些心聲，他害怕對方又威脅要搬走，他不喜歡孤單一個人。再說，愛一個人好像不應該計較金錢。

於是他不出聲地嘆了口氣，答應幫忙回家拿文件。通話結束後，他看了看手錶，一個半小時，來得及的。

回到會議室，他編了理由，說要回公司一趟，拿某個……東西。

廖博元和郭可盼，或者說所有知道高孟璟的朋友，都對舒清和的這位男友很有意見，三不五時就勸他醒一醒，去找個更好的男人。然而舒清和自認一直很清醒，以他這麼普通的條件，幻想什麼更好的男人才是不切實際。

因此他選擇不說實話，不希望男友的形象進一步受損。

廖博元聽他說要趕回公司，眼睛一亮，「太好了！順便幫我帶另一台相機來，就在我桌上，你知道的，那個灰色包包。」

舒清和錯愕地張大嘴巴，半晌，又緩緩閉起。除了老實招認他的真正意圖以外，他實在找不到藉口拒絕花兩秒鐘時間幫座位相鄰的廖伯拿相機。

「金牛座今日運勢，所有的倒楣事都可能發生。」

星座預測在他的人生當中從未如此準確過。

回到租了兩年的公寓，舒清和並沒有立刻找到男友遺落的文件，東西不在客廳桌上，不在其他桌面上，地板上也沒有蹤跡。他花掉比預期更多的時間，終於在沙發的靠墊下發現一只牛皮紙袋，上頭印著高孟璟任職的化妝品公司商標。

他抓著紙袋歡呼一聲，心裡的緊張緩解，他赫然驚覺，自己不是在高興男友的困境獲得解決，而是慶幸自己不會再受責難。他忽然搞不清楚這段感情到底是怎麼回事？自己到底在做什麼？

或許其他人說得對，他們同居得太早太匆促，他又太不計代價地要讓他們的關係成功。

那是發生在交往快滿三個月的時候，高孟璟的租屋處出現問題，舒清和臨時收留對方的當晚，因爲一時衝動，提出同居的邀約。

此後，「是你邀我，不是我自己愛住，你應該感激我的陪伴」就像句魔咒，在每次的爭執中，被高孟璟當作武器使用。

半年來，舒清和沒有要求男友分擔租金水電，家事也多半自己動手。他眞的是心甘情願，不奢望回報或感謝。但是當他有時懶了、累了、敷衍了事，對方抱怨起來一點都不客氣，那是他最感到灰心的時刻。

即便如此，舒清和卻不願意輕言放棄，他很固執，總想要多試一會兒、多努力一段時間。

愛情需要耐心，也需要容忍、體貼與付出不是嗎？再說，他們是眞的相愛吧？他一介平凡上班族，沒有厲害背景，又不算帥，床……床上的表現普普，唯一的優點是健康，高孟璟選擇他，當然是因爲愛情吧？

舒清和偶然抬眼，時鐘的長針位置讓他吃了一驚，現在不是檢討人生的時候，他還有工作要做、有任務要執行。

他的機車一直都停在公寓樓下斜對面，穿過巷道，路樹上有鳥兒啾啾鳴叫，他記起那則該死的星座預測，下意識往旁邊閃躲。鳥屎很可能是從天而降的最小災厄，他的外套昨天才從洗衣店拿回來，乾洗費可不便宜。

從住家到公司，熟到不行的路程，舒清和的機車飆得飛快。

他任職的小雜誌社不久前被大型出版社收購，辦公室進駐高級商業大樓已一年有餘。

幸運擠進人行道旁的停車位，他順勢瞄了眼大樓外的招牌——萬萬不可出版社。

第一次聽見這家出版社的名稱時，他簡直不敢相信，以為自己聽錯。後來知道這家出版社是為了發行董事長創作的靈異小說而成立，又拜讀過董事長那幾本內容千奇百怪、荒謬得有趣的得意之作，他總算掌握到一點出版社的風格。

套句俗話，有錢人想的真的跟你不一樣。

大樓的五到十一樓都屬於萬萬不可出版社，舒清和的目的地在八樓，《盜火人》雙週刊編輯部。

一出電梯，迎面是一小幅手舉火炬的圖樣，配著一行字——盜取真相之火。

那幅圖樣與字說明了他們曾經是一本嚴肅的刊物，擁有高尚的目標與宗旨。

舒清和不太清楚《盜火人》是什麼時候開始如大家所說地「墮落」，他就職時，《盜火人》已經是國內名氣最大的八卦雜誌，然後發行人就將雜誌社出售，小賺一筆，退休養老。

雜誌社的員工都很開心，因為萬萬不可出版社的母集團萬象娛樂，是萬歷集團的一分子。

萬歷是著名的幸福企業，員工薪水適時調漲、福利優厚、辦公大樓新穎舒適，即使必須跟親子教育月刊分享同一間辦公室，而對方瞄向他們的眼神總像在看髒東西；即使同集團的運輸、金融、科技等等核心企業不太把出版社當成自己人。但只要待遇優於之前，誰在乎呢？

舒清和低著頭，用最快的速度、最輕的腳步抵達廖博元的座位，其桌面永遠亂得像災難現場，幸好相機包大得明顯。

幾名同事看見他，有些驚訝，舒清和趁他們剛張開嘴，沒來得及出聲之前，抓了相機包，一溜煙逃了。

很順利！舒清和剛在電梯前緩過一口氣，門便打了開來。電梯裡只有兩個人，出版社的總經理梅曦明和他的祕書。

總經理是位非常時髦俊俏的三十多歲富家公子，他和董事長張鳳翔是摯友，家世背景相近的兩人從小玩到大，都是聲名遠播的浪蕩子。張鳳翔婚後收斂甚多，梅曦明單身至今，是良家男女最好遠遠避開的八卦雜誌常客。

《盜火人》被收購之後的少數壞處之一，就是再也不能刊載自家總經理的緋聞祕事。

公事上，梅曦明也有規矩，其中一項就是稱呼，要叫他總經理或梅先生，不能簡稱梅總，傳聞是為了避開「沒種」的諧音。

舒清和略低著頭，小聲恭敬地喊了聲總經理，然後快步走到電梯最角落。

總經理沒有反應，只顧著滑動手機螢幕，眼也沒抬一下，倒是站在後面的祕書朝他微笑打招呼。他頓時有點後悔沒有好好記住總經理祕書的名字。

梅總經理在五樓走出電梯，舒清和繼續搭乘電梯往下。他發了訊息給高孟璟，告知已經拿到文件，大約十五分鐘後抵達。

高孟璟很快傳來回覆，約他在地下停車場見面。

地下停車場這個時間人煙稀少，環境甚至有些陰暗，好像他們要進行什麼見不得人的非法交易般。

說見不得人其實也不算錯，高孟璟總愛強調保持單身表象的諸多好處，說是工作場所的女同事和女性主管們會對他比較好。

舒清和心裡暗想那是個爛藉口，卻不知道該如何反駁。

他的煩悶與沮喪在高孟璟步出電梯，笑著走向他的時候消散了部分。高孟璟的笑容迷人、淘氣，帶了點壞壞的魅力，舒清和從一開始就很受吸引，即使經過了不算順利的六個月同居時光，男友的笑容依然對他有效果。

「怎麼花那麼多時間，我等好久！」

「中途繞去辦公室一趟。」舒清和不好意思地笑了笑，把紙袋遞給對方，順口解釋，「東西不在客廳桌上，我是在沙發上找到的，被靠墊蓋住。」

高孟璟的笑容僵了一下，而後慢慢消失不見，「你現在是怪我記錯位置嗎？」

「不、不是，我只是在解釋爲什麼我到得比較晚，沒有怪你。」

「換個地方找又不需要多少時間，你到得晚是因爲半途跑去其他地方吧？話說回來，你幹嘛跑到辦公室浪費時間？」

「我回辦公室是……」因爲心虛，舒清和的聲音像蚊鳴般微弱，「幫同事一個忙。」

高孟璟輕蔑地嗤了一聲，「看來我的重要性跟你的狗仔同事沒有兩樣。」

「……不是。」舒清和鼓起腮幫，那是他感覺委屈或懊惱時的習慣動作。

「我是不是講過很多次，不要擺出那個表情？你又不可愛，不要故意作怪。」

「喔。」他才不是故意作怪。

「好啦，我還要開會，你也回去做那些……」伴著嘆氣聲，高孟璟用紙袋輕拍舒清和的腦袋，「狗仔做的事情吧！」

男友離開了，舒清和還呆呆留在原地，望著對方的背影。

愛是付出，是不求回報，少說一句「謝謝」沒什麼大不了，他們的關係親密，小事不必言謝，對吧？

舒清和努力說服自己，一面看著高孟璟在電梯口和兩名打扮類似的西裝青年交談。男友往自己的方向短暫瞥了眼，目光冷冷淡淡，笑著跟其中一個人說，他只是下來收個快遞。

「收個快遞」這句話像烏雲，籠罩著舒清和，一路跟著他回到萬禧飯店。

他並不奢望男友將他們眞正的關係昭告天下，卻沒料到自己連普通朋友的位置都配不上。真正的快遞送件有錢賺、能走正門，許多收件人還會道謝，他根本一點都不像快遞！

舒清和在飯店側門附近尋到車位，熄掉引擎，一手摘掉安全帽，另一隻手掏出手機。整趟路程他感覺到手機震動多次，好幾條新訊息在等著他，包括廖伯問他在哪裡、催他快一點，最新的一則來自高孟璟——

「你折到文件了。」

舒清和的內心有一座小火山猛烈噴發，很小的一件事，引燃了累積多時的負面情緒。

他很少這麼生氣，氣男友，也氣自己，氣得腦袋發熱，忍不住大聲怒吼：「我不是快遞，是男朋友！」

痛快吼完，他忽然聽見旁邊有動靜，像是有人猛然抽了口氣。他立刻轉頭，在距離兩、三步遠的地方，有個陌生男人瞪眼望著他，似乎爲他的失控吃了一驚。

舒清和尷尬極了，臉色先是一陣發白，轉瞬又變得通紅，一路紅上耳尖。他使勁揮舞雙手，語氣急切，「啊，不、不是的！我不是、不是在吼你！我是……我是在……」

慌亂之際，他忘記自己還跨在機車上，且中柱還沒立，車身隨著他的動作搖晃，就要往旁邊倒去。

在舒清和的驚叫聲中，一隻大手伸過來，及時抓住龍頭，穩住車身。

「當心。」

陌生男人的聲音十分低沉，對穩定舒清和的心跳沒有半點幫助。

舒清和抬起眼，男人的身軀幾乎占滿全部的視野，他才意識到對方的高大與健壯。明顯鼓起的胸膛離他的雙眼最近，把襯衫布料繃得跟男人嚴肅的下頷線條一樣緊。墊肩外套老早就不流行了，那副肩膀的厚度想必是眞材實料。

他的目光不斷往上挪，不敢在男人身體部位的任何一處停留，直到脖子感到痠痛，才接觸到男人的視線。他此生所見最銳利的目光，不知爲何正牢牢盯著自己的臉。

舒清和不敢眨動雙眼，不自覺地憋住呼吸，憋到幾乎要缺氧暈倒，男人的視線才終於移動，轉向他掛在胸前的記者證。

「你是來報導喜宴場地的記者。」

對，他是記者！他有工作！舒清和猛烈地吸了兩大口氣，恢復過來，抬手查看時間，「糟糕，我有沒有遲到？表演是不是已經開始了？」

「再十分鐘。」男人簡單回答，「站穩了嗎？」

得到舒清和的點頭回覆，他鬆開手，往後退了兩步。男人轉身走進飯店前，又多看了舒清和一眼。

舒清和不明白自己到底有什麼值得一看再看，只覺得男人的眼神雖然凌厲，卻不冰冷。

停好機車，抓起包包，舒清和快速衝進飯店側門，在通往電梯的走廊追上男人。對方的步伐並不快，但是幅度很大，筆直又穩健，彷彿抵達目標之前都不會分心或停止。

舒清和保持在他身後半步距離，偷眼觀察，對方單手提著甜甜圈名店的紙袋，脖子上也掛著出入證，可惜看不見上面的文字。

「你是飯店的保全嗎？」他忍不住好奇。

男人沒有回頭，「藝人助理。」

藝人助理？說舒清和感到驚訝實在是太過輕描淡寫，他沒見過任何比這個男人更不像藝人助理的人，倒是遇過不少和男人氣質相近的貼身保全。然而……舒清和盯著紙袋皺眉，他也沒聽說過被差遣去買甜甜圈的貼身保全。

他們在不同樓層離開電梯。舒清和朝會議室探頭，見不到半個人影，連忙又趕往宴會廳。

果然，他的記者同行都聚集在廳內中央的大樹下，連藍思禮都在鋼琴前就座。再晚一分鐘，說不定工作人員就不放他進門了。

他鑽進人群，找到學姊和廖伯，把灰色相機包塞給後者。

「嘿，謝啦！」廖博元欣喜的聲音讓舒清和心裡酸酸的，頗不是滋味。同事會道謝，男友卻不把他的心意當一回事。

「你離開那麼久，都在幹嘛？」廖博元又問。

舒清和鼓起腮幫，瞥眼瞅他，眼裡滿是幽怨。

廖博元感到莫名其妙，也瞪眼回敬。

他們的互瞪只維持短短幾秒，整座宴會廳忽然暗下來，也靜了下來。

舒清和深吸一口氣，看著特效燈光微微亮起，藍思禮的身影在半空中重新浮現，像暗夜裡的第一顆星。然後光芒往四周擴散，舞台的輪廓逐漸顯現，溫柔朦朧的金黃色從大樹的枝幹、葉片的紋路透出來，整株人造樹都在發亮，彷彿從沉睡中甦醒過來。

而喚醒它的，是藍思禮的歌聲與琴音。

藍思禮選擇的歌曲〈北極星〉來自早期的專輯，曲調浪漫優雅，歌詞講述永恆，切合喜宴主題，也恰巧是舒清和最喜愛的一首歌。

他慢慢鬆開緊繃的肩膀，大半天的勞累與挫折感一點一滴被沖刷掉。宴會廳不是專爲音樂表演打造的空間，但是他的凡人耳朵不覺得有任何地方值得挑剔。

宴會廳的玻璃穹頂不再透光，轉爲一片深藍，白晝變成黑夜，無數個白色光點閃爍著，人工製造的星空壟罩整個廳堂。

一身銀白的藍思禮在樹梢高歌，像極了只在奇幻故事現身的高貴生物，美得令人屏息，同時又無法看清其面容細節，永遠被神祕氛圍環繞，永遠遙不可及。

某種程度來說，藍思禮的確是遙不可及，他被整個消費市場和流行音樂界的所有人捧得高高的，才華、名氣、美貌與時運，一個不缺。

舒清和根本不知道該從何想像，身在大多數凡人只能仰望讚嘆的高處是什麼感覺，但是他很好奇，他好奇極了。

舒清和沒有注意到自己往前走了幾步，他感覺不到其他人的存在，只受到藍思禮的歌聲吸引。

他又跨出了一步。

此時，樹梢爆出一星火花，起初像是特殊效果，可是宴會廳卻緊接著陷入一片黑暗。

琴聲戛然而止，伴隨著舒清和的強烈失望。他從奇妙幻境返回現實世界，而現實世界的機器再一次故障了。

大家都在等待大燈亮起，等待公關發表千篇一律的託詞，各種質問與抱怨聲越來越響。

舒清和聽見來自上方的動靜，猜測是藍思禮在黑暗中起身準備離開——他不認為那是個好主意。

又是一波滋滋怪聲，像是從樹幹中段傳往樹梢。在廳內終於亮起一盞工作燈的同時，某種疑似斷裂的聲音引得所有人都抬起頭。

舞台開始傾斜，和樹幹的連接區域有一半以上脫離了正確位置。水晶鋼琴開始晃動，地板上的固定工具勉強將它留在原位，卻沒有任何東西防止藍思禮失去重心，滑下舞台。

如果給舒清和兩分鐘時間衡量利弊，他可能不會做出同樣的決定。但是他沒有兩分鐘，他連半秒鐘的猶豫也沒有，只是憑直覺往前衝出，同時張開雙手。

在眾人的驚呼尖叫聲中，他順利接住藍思禮，跟著身體一沉，兩人雙雙倒進大樹下方的花壇裝飾。一瞬間，他身體感受到的衝擊激烈得像觸電。

雖說舒清和的身材不比那名神祕藝人助理魁梧，他依然比偏矮且纖瘦的藍思禮強壯好幾倍。再把舞台高度、花壇材質列入考量，他眞的不認爲情況稱得上嚴重，他不應該眼前發黑、腦袋瞬間空白、雙耳嗡嗡鳴響；他不應該發不出半點聲音、身體不受控制，這一切實在沒有道理。

意識逐漸模糊間，舒清和聽見廖伯大聲喊叫，「別擋路！那是我們家小和，你們快點都讓開！」

他好感動，勉力撐開眼皮。在有限的視野裡，他看見廖伯衝到自己面前，興奮地舉起相機。

連續的閃光燈讓他的眼睛又緊緊閉起。沒人性的混蛋廖博元！如果不是全身無法動彈，他眞想給對方一個中指。

Chapter 03

舒清和在醫院的急診病床上醒來，從天花板垂下的橘色布簾在他四周隔出一小塊區域。布簾外有許多聲音，隨著他的意識恢復逐漸變得清晰、響亮，最後全都混在一起，化為兩側額頭的隱隱疼痛。

他揪起五官，扭動身體，企圖把臉埋進枕頭，彷彿那麼做就能切斷頭痛的來源，輪床隨著他的動作發出輕微響聲。

「終於，你醒了！」

突如其來的女聲嚇了舒清和一大跳，引起額側一陣抽痛。真怪，他根本不記得曾經撞到頭。

舒清和撐起腦袋，用力眨了幾次眼，好不容易看清楚說話的是一名相貌頗具威嚴的四十歲左右女子，然後他不爭氣地大大顫抖了一下。

藍思禮的經紀人麗莎為什麼站在他的病床邊？跑娛樂新聞的記者沒有人不認得的王牌經紀人為什麼緊緊盯著他看？

「檢查明明說沒事，你卻一直不醒，我都要懷疑你是不是趁機補眠。」對方沒有察覺舒清和內心的恐慌，彎腰靠近，雙眼微微瞇起，「最近又睡得不好嗎？」

舒清和縮起肩頸，低頭閃躲對方的視線，「我……我沒……」

他的喉嚨乾澀，忍不住連咳好幾聲，大概是太久沒說話，不僅口乾舌燥，包括聲音也變得奇怪，聽起來不像他自己。

麗莎立刻遞了礦泉水瓶過來。

「謝謝……」舒清和用兩隻手接過水瓶。

麗莎揚起眉毛，嘴角微微扯動，彷彿聽見舒清和道謝是一件值得驚訝的奇事。

「不客氣。」她看了一眼手錶，又往布簾外張望，「在這裡等一下，別亂跑，不要讓任何人看見你。」說完便轉身離開。

舒清和握著水瓶，呆呆坐在病床上，聽著鞋跟敲擊地板的聲音快速消失在布簾外。

這個小小的隔間裡只剩下他一個人。

從麗莎的出現到離開，以及她說的每句話，舒清和都感到無比困惑，這位萬象娛樂的王牌經紀人從來沒給八卦記者好臉色過，更別提表達關心。難道是因爲他減緩了藍思禮掉落時的衝擊，對方很感激嗎？若是如此，簡單說一句謝謝不行嗎？

他左右瞧了瞧，不知道現在該做什麼，麗莎要他等一下又是要等什麼？二十五年來，他得過最嚴重的疾病是輕微腸胃炎，騎車造成的幾次外傷，都是自家醫藥箱就能處理的程度，忽然在醫院急診室落單，實在有些茫然失措。

其實他也沒發生什麼嚴重的大事，剛醒來時的頭暈頭痛，以及其他難以形容的陌生不適，習慣之後也不算太糟。他是早已獨立生活的成年人，不需要親友看顧也能應付這點意外。

舒清和努力無視心裡的失落，開始尋找個人物品。他的視線經過放在棉被上的雙手，忽然又轉回來……有什麼東西不太對勁。

他抬起雙手，在光線下轉動，檢視每一根忽然變得纖細修長的手指，怔怔看著青色的血管從白皙的手背透出——這不是他的手。

他的注意力接著從細得彷彿隨時會斷折的手腕轉移到衣袖，再到他的上半身……他現在穿的襯衫也不是他的衣服！

荒謬不詳的預感湧現心頭，他唰地拉開棉被，果然見到一條銀白色西褲，原本穿著的卡其褲已經找不到了。

雖然這些衣褲全都不屬於他，卻是他曾經見過的，就在不久前，在萬禧飯店宴會廳那個掉漆工程的舞台，在藍思禮的身上。

舒清和內心的尖叫尚未平息，麗莎便回來了，身後跟著醫生和護理師，兩個人都對他親切微笑，「藍先生，感覺怎麼樣？」

醫護人員叫他藍先生！

舒清和大受驚嚇，猜想自己臉上的血色大概已褪得一乾二淨。只是……如果他真的頂著藍思禮的白皙臉蛋，他覺得差別多半不大。

他顫著聲詢問麗莎，「有、有看到我的手機嗎？」

驚慌之中，他的用詞不夠客氣、語氣不太好，可他顧不了那麼多，也沒空在意麗莎從提包掏給他的，是一支不屬於他且又貴又難取得的超熱門新款手機。

舒清和用指紋解了鎖，找到相機，開啟前置鏡頭，下一秒，藍思禮的俊臉便出現在螢幕上，還帶著驚恐神色，沒有半點顛倒眾生的大明星風采。

舒清和忍不住閉起雙眼，哀叫一聲。

「別這樣，」麗莎翻了個不客氣的白眼，「除了頭髮和衣服有點亂，你依然很美、很時尚。」

護理師抿嘴輕笑，她望著舒清和的眼神，很明顯是該投向大明星藍思禮的，舒清和心中的慌亂程度又加深了。

「不是的……我是想說……想說……」他想說的，如果真的說出口，恐怕會被送去檢查腦袋或精神狀態。因此，他轉而關心另一件要事，「請問，另一個人……就是和我一起摔倒的那個記者，他……要不要緊？」

「哦，那個記者——」麗莎的答覆被一陣淒厲的尖叫打斷了。

聲音距離他們不遠，大家都吃了一驚，舒清和是其中反應最激烈的一個。他急忙翻身下床，扯開布簾往外衝，過程中幾度腳軟，甚至差點摔倒。

他聽見身後急切的叫嚷，是麗莎想阻止他，然而他已經找到了目標，透過半開的布簾，他找到他自己。

舒清和的軀體在另一張病床邊，神情激動。護理師和廖伯分別抓著他的兩邊肩膀，學姊郭可盼也在一旁勸他冷靜下來，先處理傷口要緊。

舒清和注意到，對方右側瀏海附近，的確有一小片暗紅色，從外觀瞧不出傷勢輕重，但是急診室既然現在才處理，必定是不嚴重的小問題。

他鬆了口氣的同時，那個占據他身體的人抬起視線，在看見他的瞬間，表情就像見到鬼。

舒清和很難形容眼前的畫面有多麼詭異，他的五官、他的臉，用完全陌生的激烈神情瞪視著他。

絕對沒錯，那副軀體的內在是藍思禮，他毫不懷疑。

但是看在他人眼裡，他才是承受所有目光的大明星藍思禮。四周越來越多人聚集圍觀，拍照的快門聲此起彼落，興奮的竊竊私語也越來越響。

大概也覺得場面詭異，藍思禮停止了掙扎，在床邊坐下，讓醫護人員處理額頭的外傷，不過他的視線始終緊緊跟著舒清和。

麗莎氣急敗壞地趕到，一把捉住舒清和的臂膀就往外扯，「你在幹嘛？走呀，快點走呀！」她的手指掐得死緊，深怕舒清和逃脫似的。

舒清和滿懷歉疚，在被麗莎完全拉離現場之前，只來得及對眞正的藍思禮嚷道：「我、我會打電話給你！」

「胡說八道什麼？」麗莎大驚，接著她更用力地拖著舒清和走，而她的力量竟然大到令舒清和無法反抗。

麗莎一面對他叨念，責備他不該引來那麼多不必要的注目，一面朝著手機下指令，「把車開過來，我們馬上要走了！」

雖然荒謬，卻不是做夢，他和藍思禮交換了身體，一切都是眞的。

舒清和一路處在巨大的震撼當中，人被帶出醫院，通過擁擠的人們與記者群，被塞進高級名車後座，發現駕駛正是早前巧遇過的壯漢藝人助理……這一切，他都沒有多餘的心力感到驚訝。

助理先生手握方向盤，快速衝出包圍，直到兩個路口外的紅燈才第一次停下來。他的視線透過後照鏡掃向後座的舒清和，目光似乎比記憶中更冷一點，看得後者心中惴惴不安。

綠燈亮起，助理先生的視線轉向正前方路口，舒清和才鬆了口氣。

麗莎緊接著開始抱怨，用許多難聽的字眼批評萬禧飯店宴會廳的施工水準。她對飯店高層十分不滿，說他們只顧宣傳，不管表演者的死活……舒清和大部分還滿同意的。

「沒有造成更嚴重的後果眞的是走運。」最後她下了結論。

「妳覺得只是運氣？」

麗莎瞄了問話的助理先生一眼，「哦，你說那個記者啊！」

忽然被提及，舒清和有些心驚。

「妳不承認他有功勞？」助理先生又問。

「難說，」麗莎聳聳肩，「我有問過，他爲《盜火人》工作，是不入流的八卦記者，那種人的行爲未必出於好心，說不定是想出鋒頭、製造新聞。」

助理先生搖著頭，「說話何必刻薄，八卦記者也不過是混口飯吃。」

「就是說啊！」舒清和脫口而出，即刻後悔，他眞不該把兩人的注意力引到自己身上。

他從後照鏡看見助理先生朝他疑惑蹙眉，麗莎則是轉過頭來，眉毛揚得老高，滿臉驚訝。

「哦，眞的嗎？你和木沐站同一個陣線？」

木木？目目？生得那麼威武壯碩的助理先生竟然有個疊字暱稱？舒清和瞠目結舌，意想不到。

見他半晌沒有回話，麗莎擔心地問，「你眞的沒有哪裡不舒服嗎？」

「是……是有一點……」

「有一點什麼？在醫院的時候怎麼不說？」

舒清和顫了一下，小聲回答，「好像肚子有點……怪怪的。」

語畢，他的心中無比懊悔，他應該早點說，或者乾脆不說，他不習慣成爲別人的壓力來源。

麗莎的反應卻是翻了個大白眼，「你一整天光吃布丁和喝黑咖啡當然會胃痛！聽我的建議，偶爾攝取點正常食物行不行？」她從提包裡找出一只方形盒狀物，抬手拋給他。

舒清和接過細看，是一盒已拆封的胃藥。他沒有多想，立刻還給對方，動作快得彷彿那盒胃藥咬了他一口。

「我、我休息一下就好，不是太嚴重。」他對市售成藥有一種打從骨子裡的不信任，這輩子從未吃過半顆，就算現在不是自己的身體，他仍不敢輕易嘗試。

麗莎微微瞇眼，似乎不信他說的話，不過也沒繼續逼迫他。

擔心麗莎繼續對他提問，或是自己說錯話，舒清和趕緊閉上眼睛裝睡，一面聽前座兩人討論藍思禮的飲食習慣。

說是討論，其實主要是麗莎在表達她的各種不滿意，助理木木先生則偶爾解釋幾句。他的態度不卑不亢，和麗莎的互動沒有明確的上下之分，不像舒清和認知中的助理與經紀人，倒像同位階的工作伙伴。

舒清和被叫醒時，車子已經熄火，助理先生在敞開的車門邊等著——他沒想到自己眞的睡著了。

藍思禮住在市郊的高級透天社區，許多藝人名流都是他的鄰居，舒清和來盯梢過其他目標數次，對這一帶並不陌生，也知道藍思禮的屋子是哪一棟。但說到踏進屋內，他應該是頭一位有此殊榮的記者。

掙扎著下到地面，舒清和感覺到微妙的頭重腳輕，他的胃痛已緩和多了，減輕爲一種可以忽略的不適感。

說不定睡一覺就好了，明天就會好了，他努力自我安慰。

他們從車庫直接進屋，舒清和盡力不讓自己的目光亂飄，不表現出任何可疑的好奇心。

麗莎催促他去休息，他也認同，卻不知道藍思禮的寢室該往哪邊走。他轉頭見到身邊的助理先生，靈機一動，假裝腳步不穩，伸手抓住對方的手臂。

木木先生全身明顯變得僵硬，有那麼一瞬間，舒清和以爲對方會推開他。

舒清和硬著頭皮道：「麻、麻煩你借我……呃、扶一下……」他眞的、眞的感到十二萬分的抱歉與尷尬，也根本不敢看助理先生現在是什麼表情。

幸好，對方大概是想起薪水，開始慢慢往前走，領著他上二樓。

麗莎留在一樓的樓梯旁，朝上喊道：「不要忘記木沐是你唯一『勉強可以接受』的助理，克制一點，別把人逼走喔！」

舒清和死死盯著地板走路，不敢發出半點聲音。

助理先生的高大，他很清楚，但是藍思禮的矮小，他到現在才眞正感受到，兩人之間的身高差距起碼有二十公分。這樣的好處是，他因此離木木先生的臉很遠很遠，臉頰的熱氣比較不容易被察覺。

藍思禮的寢室不遠，就在樓梯上去後的第一間。

一到目的地，舒清和立刻鬆開手，假裝扶著牆壁站穩腳步。助理先生沒留心他的蹩腳演技，幫忙開門開燈，之後便轉身離開。

助理先生的腳步聲一消失，舒清和馬上關了門，躲進浴室，掏出手機打算打給藍思禮。

輸入號碼，按下撥出鍵，他既感到恐懼，又有點期待。和大明星藍思禮直接通電話，他大概也是媒體業的第一人。

不曉得藍思禮現在是什麼狀況？萬一人還在急診室呢？如果是廖伯或其他人幫忙接電話，他該怎麼開口？

回想在醫院的情景，廖伯和學姊都陪在急診室，舒清和的心底不合時宜地湧起一股溫暖。他不是孤身一人待在醫院，先前眞不該胡思亂想，隨便就喪氣。

爲求愼重，電話接通後，舒清和戰戰兢兢地開口。

「請問是……舒清和先生嗎？」這眞是他這輩子講過最詭異的一句話！他聽見疑似咬牙切齒，猛獸即將咆哮的聲音，馬上自我糾正，「藍、藍先生？抱歉抱歉！我只是想確定是你親自接電話。」

「……是我，旁邊沒有其他人。」另一頭的聲音很緊繃。

「你已經離開醫院了？請問你還好嗎？我是說……我的身體有沒有怎麼樣？我在醫院看到你的頭上有傷。」

他正在和他自己的聲音對話，這個不可思議的困境瞬間變得更眞實，也更離奇。舒清和放下馬桶蓋，小心坐下，覺得頭又開始暈了。

「輕微皮肉傷而已，應該是被我身上的金屬飾品刮傷。」

「喔，那就好。」

「一點都不好！」藍思禮吼道：「到底爲什麼會發生這種事？爲什麼？爲什麼！」

舒清和擔憂地看了看浴室門，外面很安靜。

「我也不知道爲什麼……」隔了一會兒，他又說：「對不起。」

「幹嘛對不起？」藍思禮咬著牙，語氣似乎煩躁多於氣憤，「不是你幹的好事就不要胡亂道歉，那是我的聲音，注意我的形象！」

舒清和及時忍住差點出口的道歉。

「我不是爲了這個『意外』發生的原因道歉……」他有些艱難地說道：「而是我覺得占了你的便宜，你過著優渥成功的人生，和我的很不一樣……」

手機裡傳來一陣笑，聽起來卻不歡快。

舒清和一怔，「難道你、你不喜歡你的人生嗎？」

他沒機會聽見藍思禮的回答，忽然有人在敲浴室門。

「藍思禮，你不舒服嗎？」是助理先生。

舒清和差點把手機摔在地上。

「我沒事！」助理先生的低沉嗓音老是令他驚慌，加上他正好坐在馬桶蓋上，回答時不假思索，「我、我在上大號！」

浴室門外沒有什麼反應，只有逐漸遠離的腳步聲。線路另一頭倒是爆炸了，藍思禮大聲抗議，指控舒清和嚴重損害他的形象。

「每個人都要上大號，怎麼能算是損害形象？」舒清和辯解道。

藍思禮的回應非常精采，舒清和都不知道，自己罵人的聲音可以聽起來這麼有魄力。

「本來我想要以牙還牙，但是我照過鏡子了，看過你對你自己造成的破壞，實在沒剩什麼地方可以下手。」

「我沒有那麼不堪吧！」舒清和忍不住哀號。

「喔，你有，你的品味糟透了！不過我現在沒有心情和你聊這些屁話。聽著，」藍思禮發出備受折磨的嘆氣聲，「我等了很久，累得要死，先告訴我現在應該去哪裡。」

「我的朋友沒有送你回家嗎？」

「我打發他們離開了，不想應付陌生人。」

舒清和可以理解對方的心情，麗莎和助理先生的存在，也帶給他極大的壓力。他告訴藍思禮租屋處的地址，確定對方從包包裡找到鑰匙，還浪費唇舌解釋如何搭乘大眾運輸回家，結果對方壓根沒考慮計程車以外的選擇。

最後他們約好隔天再詳談，因爲不只藍思禮，舒清和自己也覺得疲倦。

「對了，關於我的工作，明天你——啊，居然直接掛斷電話！」舒清和瞪著手機螢幕上顯示的「已結束通話」悶悶不樂。

大明星大概不在乎一介平凡小記者的生計，但工作對舒清和而言卻很重要。

明天開始他的工作該怎麼辦，請假嗎？根據經驗，主管和同事們都不會刁難他。

可是太臨時了，又不知道需要請多久，他眞的很不願意給整個編輯部添麻煩。

舒清和陷進嚴重的困境，待在浴室苦惱了好一會兒才想起另一件要事。

糟糕，他忘記告訴藍思禮，他的租屋處裡還有個同居男友！

Chapter 04

對藍思禮來說，今天本該過得輕鬆愉快。

上上個月，他剛結束總計十五場極其成功的巡迴演唱會，獲得難以計數的大篇幅報導，媒體對他的歌頌與讚美，幾乎達到浮誇的地步。

最後一場巡迴演出選在他的生日當天，數萬歌迷一同祝賀他的三十歲生辰，場面盛大又溫馨。

那是他的人生高峰，但還不到巔峰，他和所有人都如此深信。

下舞台後，他累到直接暈死過去，經過好幾週的徹底休養後，終於進入悠閒懶散的休假充電模式。

開始下一張專輯的製作之前，通常他會有一年多的空檔，用來長途旅遊、召喚靈感，以任何他高興的步調創作。

他一直都很享受這段充電時光，安排的工作都很零散，像是他不太關心的商業代言，或是公益與人情之類的活動。

喜宴的演出屬於人情，因爲他所屬的萬象娛樂是萬歷集團的一分子，他又是萬歷總裁在整頓萬娛期間唯一親自簽下的藝人。不僅如此，總裁同情他的成長背景，還對他百般照顧，給予各種特殊待遇。

藍思禮加入萬娛那年十九歲，迷戀總裁大概五、六個月。他一向喜歡強勢又貴氣的男人，總裁比一般的富家少爺成熟，又沒有許多大老闆常見的油滑，在他心中可謂恰到好處。

那份迷戀來得急，消散得也快，就像一場龍捲風，總裁依舊是少數幾個受他敬重的對象，他們之間的情誼和一般的藝人與老闆不同。

如今他三十歲，聽聞總裁的婚訊，在驚訝自己竟然擁有爲別人開心的能力之餘，他一口答應表演的邀約。

今天的宣傳，經紀人麗莎在事前就表示過不滿，他倒是無所謂，彈琴唱歌對他而言就像吃飯喝水，再輕鬆不過。他享受在觀眾面前表演，以及演出後所獲得的掌聲。

誰知道等著他的竟是場大災難，而且是一整天的災難！從公關事前給予的指引就出現各種疏漏，接著是硬體設備接二連三失靈，最後演變成他被困在這個……這個……可惡，他又忘記這個身體叫什麼名字！

藍思禮掏出皮夾，再次確認身分證上的個人資訊。

舒清和，姓名難記得要死！大頭照呆傻得要命！落到這個地步，他連特地要求助理排隊購買的甜甜圈也吃不到了！

計程車拐了個大彎，藍思禮在後座順勢調整坐姿，小腿稍微移動，立刻頂到了前座。

哼，這雙腿倒是滿長的嘛！他有些嫉妒地想著。

計程車停在巷口，巷子裡隨意望去就有五、六家店鋪賣吃的，是一個不會餓死的區域。

他背起郵差包，往巷內走。

天色已晚，大部分商家招牌都暗了，僅剩兩家小吃、巷口便利超商和二十四小時自助洗衣還亮著燈營業。

他默念著地址，仔細看過一戶戶門牌，不太寬的巷道兩旁擠滿了機車，街景有些雜亂。

小記者提過他平日以機車代步這件事。藍思禮也騎過機車，但不是在這座人多、車多、道路複雜的大都會，而是許多年前，在他簽進萬象娛樂之前的事。

可能的話，任何他在簽進萬娛之前經歷過的事，他都不願再次回味。

循著地址，他走到一棟不起眼的五層樓建築前。灰色水泥外牆，肉眼可見的老舊，樓梯間還算乾淨，電燈亮度也夠，讓他仰頭就能清楚看見所有等著他爬的層層階梯——電梯那種奢侈設備，當然是不存在的。

爬上四樓的過程中，藍思禮在心裡抱怨不休，咒罵得太專心，以至於沒有注意到自己一點都不喘。

公寓一層有兩戶，坪數不大。藍思禮在開門的同時做了一次深呼吸調適心情，卻依然被客廳的大燈和電視傳出的聲音嚇了一跳。

難道屋裡有人？他瞪大雙眼，還真的發現客廳沙發上有個男人。那人正在打電玩，雙手抓著控制器，眼睛緊盯電視螢幕，一名披盔戴甲的人物在畫面裡竄上跳下，竭力迴避某個巨大生物的追擊。

室友？單人住都嫌小的寒酸公寓，還要跟另一名成年男子分享？今天這場災難到底有沒有盡頭？

手機在他的衣袋裡震動，是笨蛋記者的來電。

終於想起要警告他屋裡有其他人在是嗎？太遲了，混蛋！藍思禮滿心不爽，滑掉了來電。

接下來該怎麼做才好？他有些拿不定主意，正考慮是否找家五星飯店避難，陌生男人聽見動靜，轉過頭來。

對方比藍思禮年輕，看起來跟笨蛋記者差不多歲數，五官生得不差，加上細心打理過的外貌衣著，客觀來說是個順眼的男人。

但是藍思禮此刻的思緒距離客觀有十萬八千里遠，他努力壓抑滿肚子的不悅，強迫自己關上門，走進客廳。

基於互惠，他必須盡可能照顧小記者的人生，他在腦中反覆提醒自己。

陌生男人倚著沙發伸長脖子，望向藍思禮空著的兩隻手，臉色不太好看，「嘿，我的牛奶呢？」

「什麼牛奶？」

「搞屁啊，不是傳訊息叫你買嗎？」男人嚷道，同時把視線轉回電視，繼續操縱電玩角色前進。

藍思禮掏出手機，滑開通訊軟體。在醫院醒來之後，他除了和小記者通電話以外，完全沒碰其他功能，幾個小時累積了不少未讀訊息，他滑了兩下，找到那條買牛奶回家的訊息，聯絡人欄位標著「達令高孟璟」五個黑體大字。

一股惡寒竄上他的背脊，這個無禮牛奶男是達令、是男朋友！這個世界還能對他更殘酷嗎？

「沒看到訊息。」他陰沉著臉回應，手機掐緊在掌心裡，指關節都用力到泛白了。

「我每天的早餐咖啡都要加鮮奶，現在已經用得一滴都不剩了，你要我明天怎麼辦？」

「一天沒喝會死嗎？」

那個叫高孟璟的牛奶男又轉頭看他，「你說什麼？」

「只是有點期待，一天沒喝會死的話就太好了。」

藍思禮猜想小記者大概是個溫順的男友，從不譏嘲對方，因爲牛奶男的驚詫反應強烈得近乎可笑，連電玩角色慘死，噴了滿畫面的血都沒注意到。

電視喇叭傳出角色臨死的哀號，讓藍思禮又想起小記者。

不要在頭十分鐘就毀掉別人的人生，尤其那個別人也可以破壞你的人生，他再次提醒自己。

於是他換個角度解釋，「回來的路上頭在痛，沒心情讀訊息。」

刻意提起身體的不適，男朋友就會問起頭痛是怎麼回事。然後他說出來龍去脈，從飯店意外說到醫院急診，把對方關注的焦點從愚蠢的牛奶引開，心疼與安慰緊接而來，問題當場解決！

許多人都不知道，大明星藍思禮只是懶得費心，並非對社交技能一無所知。

高孟璟果然注意到男友額頭上貼著的白色透氣膠布，他嗤了一聲，撇了撇嘴角，「態度那麼嗆，就因爲我沒去急診室？你以爲我很閒嗎？」

這不是藍思禮預期的發展，他難得呆了片刻才回話，「……你知道急診的事？」

「你的同事打電話給我。眞的是……也不看看時間，我上班很忙，哪有空管你的每一件小事！」

高孟璟重新拿穩控制器，對著電視咒罵了幾聲，不知道是因爲角色的死亡，還是自己也想找死。

藍思禮又滑了一次手機訊息，檢視和「達令」的對話紀錄，在買牛奶之前是關於什麼折到的文件，兩條訊息間隔數小時，期間沒有半通來電或其他聯絡。這和他構想的劇本不一樣，所有的關懷和溫馨都到哪裡去了？

「你的男朋友受傷，在急診室昏迷了幾小時，你得知後唯一的反應就是叫他買牛奶？」

「拜託，縫兩針的小傷可以不要大驚小怪嗎？你的同事後來傳訊息說你醒了，沒有大礙，那還要我做什麼事？我是醫生還是護理師？平常可以自己應付的小事，爲什麼有男友之後就做不來？不是嬌滴滴的小女生，就不要學人家生什麼公主病！」

藍思禮混的是演藝圈，見識過太多戀愛鬧劇、太多不健康的感情關係，笨記者的爛品味一點都不新鮮，只叫人煩躁。

他沒有興致爲了幾乎不認識的人搞情侶吵架，吵贏沒有任何好處，笨蛋記者的這段感情根本無可救藥；吵輸的話，要分手嗎？他不能幫別人分手吧？或是……他其實可以？

藍思禮皺起眉頭苦思，一時忘記回話。

高孟璟抬起不太確定的眼神看向他，異樣的靜默持續了好一會兒，室內空氣變得凝重。

「好啦！」高孟璟嘆氣道：「你沒買牛奶，道個歉就算了，這次我不怪你。」

藍思禮一愣，隨即發笑，原來並不是所有的荒謬事他都在圈子裡見識過。

這樣的反應似乎惹得牛奶男不爽快，眼神從不確定轉成了略爲陰暗的瞪視。

「你和這個……」藍思禮又忘記小記者的名字，只好指指自己的胸膛，「你眞的把這傢伙當成男朋友？」

「有時候我也懷疑，因爲你顯然搞不清楚狀況。」高孟璟轉過整個身體面對他，用一種藍思禮看來十分可笑的嚴肅表情說道：「你不是希望得到我的認可嗎？不是想要變得更好、變得配得上我嗎？我留在你身邊糾正你的缺失，讓你有機會改善自己，我付出這麼多，但是你的努力、你的感激在哪裡？老實說，你沒有什麼吸引人的長處，個性再不改得討喜一點，將來只會落得一個人孤單寂寞，永遠找不到人愛你！」

藍思禮一語不發，轉身便往門口走，不願意再忍受對方嘴裡吐出來的任何惡意。

他還沒決定是否直接出門，找家像樣的飯店，刷爆笨蛋記者的卡，或是……他記得進門時在鞋櫃附近瞥見了某個好東西……

高孟璟誤會他的意圖，得意的聲音在藍思禮背後揚起，「對嘛，早一點彌補過錯不就省很多事？每次都等到被罵才知道要乖，有時我眞覺得自己太有耐心了。啊，順便買點零食回來，我想吃堅果，要無調味的！」

藍思禮握起了拳頭，奇妙的是，伴隨著升起的怒火，他的疲倦感消失了，就像演唱會登台的前一刻，腎上腺素飆到最高，精力源源不絕湧現，彷彿無窮無盡。雖然下台後他可能燒到沒剩什麼，但在舞台上，他就是無所不能。

他走到門邊，從鞋櫃旁抄起金屬球棒。

說到底，爲什麼是他要躲去飯店？從公寓的擺設與氛圍判斷，他有八成把握，笨蛋記者是主要住客，他在這方面的感受向來敏銳。

就算他搞錯，那又怎樣？照顧這個笨蛋記者的人生，只有一種方法。

回到客廳，藍思禮手起棒落，一擊砸向運作中的遊戲主機，雪白光滑的機殼應聲破裂，引起的慘叫可不是來自遊戲角色。

高孟璟嚇得從沙發跳起，「你瘋了嗎？這台很新、很貴耶！」

「喔，那可真是好消息！」藍思禮扯開一抹猙獰的笑，更用力地揮動球棒，往同一個位置反覆重擊。他的動作很大，頭髮飛舞，衣服因他的大動作而變得亂七八糟，整張臉被怒氣染紅，每換一口氣，球棒就揮落一次。

遊戲主機沒兩下就已經四分五裂，底下的木頭桌子連帶受害，被打歪一角，雜物紛紛翻倒掉落，馬克杯、玻璃器皿全都難逃劫數。

高孟璟又驚又怒，一面喝令藍思禮住手，一面往後退避，十分忌憚那支金屬凶器。

藍思禮將主機與木桌一併砸得稀爛，直到沒什麼地方可以破壞才終於停手。他抬起球棒，棒端指向高孟璟的臉，氣勢十足，「給我滾，滾出去喝你他媽的牛奶！不要再回來！」

「你到底在搞什麼鬼？」高孟璟吃了一驚，罵道：「今天撞到頭，腦袋壞掉了是不是？」

「我在搞什麼？我在改善自己、糾正我的缺失啊！」藍思禮咬牙嘶吼，雙手握緊球棒，往高孟璟的方向追擊。

對方沒料到這種激烈反應，怪叫一聲逃開，球棒差了幾公分便要打到他，最終揮擊到高腳邊桌，金屬桌倒地撞擊地面，製造出的聲響巨大刺耳。

高孟璟接著快速繞過整座沙發，卻不慎踩到部分遊戲主機殘骸，腳步一滑，險些跌跤。他抓住椅背，及時穩住身體，回頭瞥眼，藍思禮凶神惡煞地追在身後，嚇得他差點站不起身。

起先藍思禮是眞的生氣，難以言喻的憤怒被高孟璟的惡意言行引發，太多的情緒需要發洩。

然而，他越是發洩，越感覺到活力充沛。小記者的身體機能跟他完全不同，血液在他的身體裡洶湧奔騰，帶著所有的情緒不斷往胸口聚集、推擠，最後鼓脹，順著加快的呼吸，通過咽喉爆開來的竟是一陣大笑，笑得接近瘋狂。

這種激烈運動後的神清氣爽，簡直莫名其妙，他從沒體驗過。

高孟璟的臉上完全失去了血色，「你、你眞的瘋了！」

「那你還不快逃？留下來想幹什麼，試試這支球棒有沒有你的骨頭硬嗎？」

「我警告你！一旦逼我走出那道門，就沒有挽救的餘地，以後你再怎麼哀求、怎麼道歉，我都不會回心轉意喔！」

藍思禮微微歪頭，「那是威脅嗎？你在威脅我嗎？」

高孟璟顫了一下，「只、只是提醒你……」

「聽起來倒像是美妙的承諾。」

「小和，我勸你不要鬧——」

「什麼大盒小盒，老子是來自地獄的惡魔！」藍思禮露出森森白牙，惡狠狠地吼：「你的男朋友已經被老子附身，消失得無影無蹤了！再不快滾，小心我打斷你的腿，讓你眞的用滾的滾出去！」

他再次揮動球棒，球棒擦過高孟璟的膝蓋，引發了非常尖銳的叫喊。

對方信不信惡魔附身另當別論，打斷腿的部分絕對深具說服力。

最後，藍思禮給了高孟璟一點時間拿手機、皮夾、車鑰匙，以及擱在門邊的公事包，他覺得自己眞是好心。

半逼半送高孟璟到門外，藍思禮掏出笨蛋記者的皮夾，把裡頭全部的三張千元鈔扔給對方。

「拿去住兩晚旅館，順便買他媽的幾瓶牛奶！接下來自己想辦法，總之別出現在我面前，那個眼睛到願意容忍你這種貨色的笨記者不會回來了。」

懼怕、生氣、難以置信，各種表情在高孟璟的臉上交錯，「等、等你後悔的時候——」

不等他說完，藍思禮抬手一摔，把門甩在高孟璟的鼻子上。

Chapter 05

爲什麼藍思禮拒接他的電話？

爲什麼自己這麼晚才想起男友的存在？

舒清和捏著手機，在大得離譜的豪華浴室裡來回踱步，電話一打再打，最後卻總是轉進語音信箱。

說不定藍思禮沒接電話，是因爲和他的男友相談甚歡，兩人沉浸在刺激的電玩世界裡？高孟璟這陣子眞的很迷那台得來不易的最新款遊戲主機……

然而，舒清和其實不太相信自己的樂觀預想。

「高孟璟最近對你不太有耐心，他待藍思禮也會是一樣的態度。」

他的腦裡有個小小聲音這麼說道。

舒清和搖搖頭，把那個聲音推向角落，假裝沒有聽見。

手機右上角的圖示忽然閃爍，發出低電量警告，舒清和只得返回房間尋找充電器。

助理先生沒走，人在寢室外邊，身體斜倚著門框，雙臂抱胸，腦袋微低，視線落在木地板上。他的眉頭深鎖，神情凝重，好像那片地板的存在深深冒犯他。

聽見舒清和從浴室出來，他抬起了頭。

舒清和從沒有瞧不起任何人的工作，但是眼前這個人似乎……入錯行？眼神凌厲應該用在更專業的地方，比如威嚇眞正的壞人，而不是他這個來錯地方的無辜靈魂。

「麗莎剛走，你還需要什麼嗎？止痛藥還是宵夜？」助理先生的聲音是一貫的低沉。

舒清和搖搖頭，在對方太過強烈的凝視下勉強擠出三個字，「……我很好。」

木木依舊絞著眉看他，嘴唇動了動，似乎有話想說。

舒清和緊張地等著，卻見對方又把視線投向地板，然後微微點頭，轉身離開。沒有說再見、晚安，或者明天見。

那是下班的意思吧？如果舒清和還是原本的身分，客人告辭，他一定親送到門口，即使木木並不是客人。最後他折衷辦理，悄悄跟在木木身後離開房間。

一樓大廳是挑高的設計，他不需要下樓就能一路目送助理先生走出正門。只不過對方沒有那麼做，而是穿過整個大廳，進入一樓某個房間。

舒清和詫異地看著一樓房間亮起燈，門扉半掩，腦袋慢了半拍才意識到那是助理先生的寢室，原來他也住在這棟屋子。

想想一點都不奇怪，大明星的身邊通常都有好幾個人全天伺候，以藍思禮的地位，他的住處算過分冷清了。

這麼大一棟別墅等級的房子，多一個助理先生陪舒清和待著，讓他安心不少。他出生長大的老家是三代同堂大家庭，大學住六人一間的學校宿舍，出社會不久就和高孟璟同居，獨居的時間短暫。他已經習慣熱鬧，也習慣身邊總是有人。

矛盾的是，他現在不是舒清和，與助理先生朝夕相處，更不容易以藍思禮的身分蒙混過去。大明星和助理的關係融洽嗎？木木的冰冷態度是出自個性，還是其他原因呢？

木木方才欲言又止的模樣再度浮現在舒清和的腦中，他忍不住懷疑，該不會……那兩人之間有曖昧？

舒清和爲自己的猜測倒抽一口氣，屬於八卦記者的一顆心猛然加速跳動。

他的猜測不僅有可能，可能性還極高，尤其在演藝圈，例子多到數不清。藍思禮一直都有不能傳緋聞的壓力，長年的寂寞苦悶寄託在既忠誠又……強壯健美的助理身上，也是極爲合理的一件事。

一廂情願地推論，舒清和心中的憂慮漸增。假使那兩人真有曖昧，他假扮藍思禮的過度拘謹與疏離，一定影響到木木了，難怪對方看起來不開心。

交換身體已經夠不幸，他實在不願意成爲毀掉藍思禮感情生活的罪人。他不確定損害是否能夠被修補，但是他必須做點什麼。

舒清和小心翼翼下樓，躡手躡腳來到木木的寢室外，探頭瞥見一部分對方的背。他不敢靠得太近，伸長手臂，往門板上敲了敲。

木木聞聲轉身，看見是他，並沒有顯出驚訝的樣子。

因爲木木本來就在等著藍思禮嗎？舒清和忍不住緊張，目光亂飄，看起來更加鬼祟可疑。

「有什麼事嗎？」木木走到門邊，將門板完全打開，卻沒踏出房間。

舒清和謹記藍思禮的告誡，不要隨便道歉，深吸一口氣，有些結巴地說出預先準備的台詞，「今天的意外，我有點……呃，嚇到吧？所以……我可能表現得很奇怪，如果不小心冒犯到你，惹你不高興，希、希望你不要放在心上……」

木木終於表露出一絲驚訝，他微微揚起眉毛，目光在舒清和的眉眼間搜索，一時似乎無法判斷對方話語的眞誠度。

「我是生我自己的氣。」木木猶豫了好一會兒才說：「意外發生時，我分心了，反應不夠快。」

「分心？」

木木完全沒有要解釋的意思，他別開視線，眉頭又糾纏在額頭中央，雙臂也交疊在胸前。舒清和眞希望對方不要經常那麼做，胸肌和二頭肌會變得太顯眼，那才眞正叫做令人分心。

「總之，我失敗了，動作比一個記者還慢。」木木固執地重述。

哦，他是在關心藍思禮，爲了一個其實根本超出能力範圍的意外自責？雖然舒清和不是當事人，不過他很爲藍思禮高興，對助理先生的好感也增加了。

「那個記者，他、他的位置比較近啊！」他試著微笑，努力想安慰對方，「而且我很好，完全沒受傷，你只是個助理，不需要爲今天的意外自責。」

「這時候我又『只是個助理』了？」

舒清和一驚，「天啊！我們眞的有一腿！」話出口，他立刻就想賞自己一拳。

「驚呆了」根本不足以形容此刻木木的反應，他彷彿剛剛被狠甩兩個巴掌，又好像祖宗十八代同時受到侮辱……

他急著想說些什麼挽救局面，助理先生伸出食指，指著他的鼻頭，逼得他把來到舌尖的話又吞回去。

「我就知道、我就知道你假惺惺的解釋有問題！你跟你的那些花招……那些花招……」助理先生的臉部肌肉繃得死緊，單邊眼角和臉頰微微跳動。

舒清和屏住呼吸，連眨眼都不敢，專心等著對方完成句子。

木木卻沒接著說下去，而是後退兩步，在舒清和的面前重重甩上了門。

舒清和身爲八卦記者，被無數經紀人、助理、保鑣甚至藝人當面甩過門，早已過了會因此而傷心的階段。

他只是嘆口氣，默默從木木的寢室門前離開，在回二樓的途中，評估他剛剛可能造成的損害程度。

不幸中的大幸是，藍思禮的感情生活不會毀在他的手裡。很明顯他的臆測錯得離譜，那兩人之間沒有曖昧，他受困這副軀體的期間，不需要假扮大明星，又假裝別人的戀人。

他畢竟不是單身，不能對不起男朋友。

想起男友，舒清和踏進寢室的第一件事，就是撥電話、傳訊息給藍思禮，結果最後都石沉大海，大明星大概不是個隨時注意手機的人。

無奈之餘，他只好放棄，趕在手機失去最後的電力之前，在床頭找到充電線。手機擱在支架上靜靜恢復電力，舒清和也在床緣坐下來。

現在他的身邊沒有半個人干擾、沒有事情需要分心。他終於可以爲今天這件不可思議的意外好好恐慌一番，卻累得沒有多餘的心力思考，累得暫時不想煩惱藍思禮和高孟璟同處一室的睡眠安排。

藍思禮年長他五歲，是業界標竿、是了不起的成功人士；高孟璟常常自詡比他成熟、比他見過更多世面。這麼厲害能幹的兩個人，當然能夠化解任何問題，根本不需要他操心，對吧？

✦

舒清和篤信一日之計在於晨，跟往常一樣訂了早上七點的鬧鐘——結果完全爬不起來。

他的新身體瘦到不行，卻彷彿有千斤重，尤其是腦袋，稍微抬離枕頭就暈沉沉地把人往回拉。他逼不得已又賴床一陣，一睡將近兩小時，快到九點時，他用盡所有的意志，強迫自己離開床鋪。

他下床站起，一陣暈眩掠過，腦袋沉重，感覺狀況幾乎比昨天還要糟。

二十五年來，他一向沾枕即眠，睜眼就清醒，睡前唯一需要做的就是洗澡刷牙，接著把短髮轟隆隆吹乾。

藍思禮的身體可不是同樣一回事。他先是經歷了一個多小時的折騰，才在網路教學影片的協助下拔除隱形眼鏡，弄得雙眼發紅泛淚，差點以爲會就此瞎掉。

藍思禮近視很深，至少視力良好的舒清和認爲他近視很深，沒戴眼鏡時就像掉進大霧之中，視野裡一片白茫。這唯一的好處是，讓洗澡的過程減少許多內心掙扎，什麼都很模糊，就什麼都不會使他感覺尷尬，除了藍思禮真的很瘦以外，他完全沒有胡思亂想。

洗過澡，面對擺滿鏡台的瓶瓶罐罐，他再度花費超過一個鐘頭的時間，上網研究使用保養品的各個步驟。在確保臉蛋和皮膚都得到充分的滋養之後，又迎來將近一個小時的纏鬥，這次的對象是藍思禮纖細柔軟的及肩髮。

好不容易完工就寢，睡眠品質竟然也有狀況。藍思禮選用的寢具十分高級，枕頭、床墊、床單全都無可挑剔，剛躺上時滿心讚嘆，然後半小時、四十分鐘、一小時……隨著時間過去，舒清和的喜悅逐漸消失，唯有腦袋堅持清醒。

他不知道自己後來是什麼時候睡著，只覺得剛閉上眼，鬧鐘就響了。

幸好，早上不需要重走一次睡前的全部流程。

洗漱過後，舒清和戴起不習慣的眼鏡，從此生所見最眼花撩亂的衣帽間裡，找到最像家居服的樸素T恤與棉褲，簡單梳順頭髮，便離開房間覓食。

房間外光線明亮卻不刺眼，他靠近走廊欄杆，迎接他的是灑進樓下大廳的整片晨光，委靡的精神狀態瞬間一掃。

他呆杵在欄杆邊微微出神。他從沒住過這麼美的屋子，而且好寧靜，彷彿時間停滯般寂靜無聲，他在下樓走動時加倍小心，不願意弄出半點破壞氛圍的聲響。

一樓是挑高設計，主色調是白與灰，裝飾極少，走的是洗鍊簡約的都會風格。此外，還有整片落地窗面對後院，其他白牆懸了幾幅黑白攝影作品，拍的都是藍思禮的演唱會現場。

廚房在樓梯另一側，是寬敞的開放式空間，裡頭被收拾得井井有條，每件廚具都亮得能當鏡子照。那裡也有大片落地玻璃，和大廳分享同樣的景致與採光。

起先，舒清和只敢用眼睛看。他得不斷提醒自己，他現在是藍思禮，在藍思禮的廚房弄早餐，這是再自然不過的一件事，然後才敢伸手碰觸那些只在型錄上看過的豪華設備。

其中他最受洗碗機吸引，大容量的高階機種，具備所有他夢寐以求的強大性能。

他喜歡下廚，手藝也不錯，但是事後的收拾就不是那麼愉快了。高孟璟只負責吃，甚少洗碗，總說是他愛煮，不該指望別人幫忙善後。

舒清和打開大冰箱，裡面貯存的食材極爲豐富。然而，有過前一日的教訓，他對藍思禮的腸胃功能不具信心，決定謹慎行事，只拿出半條吐司、兩顆蛋和一瓶已開封的草莓果醬。

也許是太專心研究食材，舒清和完全沒有聽見腳步聲，關上冰箱門，轉過身，才看到木木殺氣騰騰衝進廚房。

他嚇得驚跳起來，還發出像極了老鼠的吱聲。

木木和前日一絲不苟的模樣截然不同。他頂著睡亂的頭髮，全身只穿一件長睡褲，單手抓著黑色甩棍，架式跟他的上身肌肉一樣凶猛，彷彿下一秒就要撲上來痛擊任何礙到他的人。

「呃，早安？」舒清和小聲問候。

在緊張又詭異的氣氛中，木木終於看清楚是誰在廚房，表情從狠惡到驚詫再到迷惑，變化的幅度大得有些滑稽，顯然藍思禮在廚房弄早餐一點都不自然。

「我以爲……有人闖進來。」木木的聲音依然緊繃，但是他的身體已經站直，不再像是隨時準備發動攻擊。

舒清和面對半裸的助理先生，視線不知該往哪裡擺，轉了一圈，最後停留在對方手裡的武器。

甩棍是警用器械，警察以外的人持有，要不是違法，要不就是申請通過的有照保全。木木昨晚說他不只是助理就是這個意思嗎？他其實是保鑣？還是保鑣助理兩用型，就像附清淨功能的除濕機？

「你在廚房做什麼？」木木收短甩棍，放進褲袋，動作稍大，褲腰被扯低了一點。

舒清和在看與不看之間辛苦掙扎，「我、我在準備早餐。」

「你決定開始正常吃早餐？」

「我發現自己想要活得久一點，所以聽從麗莎的建議，開始過健康的生活——」

聽到一半，木木就大聲爆笑。

舒清和嚇得雙手一縮，壓扁了吐司，「你、你幹嘛？」

木木大笑了七八聲，又忽然停止，「笑死我了。」

「我是認眞的。」舒清和把土司、蛋和果醬放上檯面，想起冰箱裡沒派上用場的其他食材，「你要不要一起？我吃不多，但是幫你弄點高熱量、高蛋白的食物沒有問題，畢竟你有那麼多的……肉。」說著他往木木的裸胸指了一下。

木木立刻低頭檢視衣著，似乎現在才注意到自己穿得太少，隨即又抬起頭，神情惱怒，好像舒清和關注他的好身材是出自惡意。

舒清和不期待對方臉紅或表現出不好意思，然而這個反應實在太莫名其妙。他伸長脖子，看著木木氣勢洶洶返回寢室加衣服，確定距離夠遠，說話絕對聽不到，才小聲抗議，「幹嘛那麼凶，我又沒有喜歡看。」

對啦，他不僅是個孬種，還不誠實。

Chapter 06

端木沐的嬰兒時期據說非常可愛，圓圓的臉、眼睛又黑又大，逢人便笑。

因爲他是這麼的可愛，他的母親獨排眾議，爲他挑了個單名，刻意和「端木」這個複姓湊成一組疊字。

即使他越大越嚴肅，中學時期又像吃了生長激素，身高在上大學時已突破一百九十公分，大家依然叫他「木沐」。

「不然要怎麼叫？」他的同學、同事和親朋好友，總在他皺眉頭時這麼反問。

只有極少數人會叫他端木，例如警隊的長官們。不過他已經離開警隊，在新工作的圈子裡，幾乎所有人都喊他木沐。

若是問他反對還是喜歡，他會聳聳肩，不表示意見。

對現在的他而言，名稱是一件最微不足道的小事。

端木回房間添了件黑色短袖衫，簡單整理了頭髮，正準備重返廚房，搞清楚厭惡早起的雇主今天是哪根筋不對勁時，門鈴恰巧響了。

他換了行進方向，前往應門。

等候在門外的是端木的表哥，在萬歷擔任總裁特助，堅持用洋名行走的Chris。入夏的太陽升得早，Chris被明亮的光線包圍。雖然有許多人在背地裡說他是個陰森的吸血鬼，但他現在既沒有燒成灰，皮膚也沒有如鑽石般閃閃發亮。

「這麼早。」端木往旁邊站開兩步，讓對方進門。

「當然要早，趁藍思禮還在睡覺，放下東西就走，免得相看兩相厭。」

Chris抱著一只籐編的禮物籃，提把繫著亮藍色蝴蝶結，籃裡塞滿食物與日用品，全是藍思禮喜愛的品牌。

每逢三節和生日，藍思禮都會收到萬歷總裁署名的禮物，但由總裁的親信親自送來，那就很少見了。

「放下就走？不需要親眼確定他的狀況？」端木算是明知故問。他知道藍思禮和Chris兩人天生不對盤，見面時總是煙硝味瀰漫。礙於身分，Chris的言行必須節制，當然不想久留。

「麗莎和你都說他沒事，那就是沒事。」

端木的確傳過訊息給Chris，說藍思禮沒事。身體上確實沒事，但是……端木的腦中浮現方才在廚房發生的小意外——藍思禮今天有整日的空檔，卻沒有睡到中午，而是往冰箱裡找食物，被發現時還吱聲驚叫，活像隻偷吃的小老鼠。

這種事用說的沒人會相信，最好讓Chris親眼印證，那個藍思禮因爲嚇一跳而擠扁吐司的畫面不是他的幻覺。

畢竟，如果不是幻覺，只有他一個人看見，實在太不公平。

Chris把禮物籃放在客廳中央的長桌，還花心思仔細調整角度，好讓藍思禮從樓梯下來時，能一眼看見蝴蝶結下方有張慰問卡片。

端木在心裡暗嘆表哥白費心思，藍思禮老早就到了一樓，半個身體正從廚房探出來，往客廳好奇窺看。這次他手裡拿的不是吐司，而是雞蛋和鍋鏟。

「……藍先生，早安。」

Chris的反應算很快了，不過端木認識他夠深，知道他停滯的片刻代表了千言萬語。

「Boss聽說了昨日的意外，得知藍先生受到很大的驚嚇，特地要我來問候您是否一切安好，並且傳達Boss的關切與歉意。」

藍思禮睜大了眼睛，看看豐盛華麗的禮物籃，又看看禮貌無懈可擊的Chris，雙手往身體的方向微微一縮。

見狀，端木忽然有點擔心那顆蛋。

「喔，辛、辛苦你了！請代我謝謝你的老闆，我沒有什麼事，一、一切都很好！」藍思禮揮了揮手，看見手裡的鍋鏟，又趕緊放下，動作匆忙，還不慎打到膝蓋，呼痛了一聲。

Chris張開嘴，又閉起，一時竟忘了他的社交辭令。

藍思禮微微垂下視線，把雞蛋和鍋鏟通通藏到背後。

「我是，呃，正要做早餐……」他的臉頰窘得有多紅，端木和Chris就看得有多困惑。

「你、你吃過早餐沒有？不嫌棄的話，要不要一起吃呢？」他接著問。

「吃過了！」回覆之前，Chris快速瞥了端木一眼，眼裡滿是警戒，「謝謝您的好意，我還有工作要做，就不多耽誤您的時間。」他一面說著，一面往大門方向後退。

端木在送Chris離開的途中，一直琢磨著藍思禮最後鬆一口氣的模樣是什麼意思？他又爲什麼邀人吃早餐？而且還是死對頭Chris，是打算下毒嗎？想耍詭計的話，遭到拒絕應該要失望，而不是鬆口氣吧？

等到距離夠遠，Chris指著客廳的方向，臉上陰森森的，「難道你不能事先給我一點警告嗎？」

端木嘴角微彎，「事先說，你不會相信。」

想想的確如此，Chris又問，「忽然變得溫和友善的藍思禮，你們不奇怪、不害怕？」

「他剛結束辛苦的巡迴演唱，現在是放鬆充電的時間，想怎樣搞怪都隨便他，麗莎說的。」

「你呢？」

端木聳聳肩，「我不在乎。」

「嗯……最近常聽你這麼說。」

端木沉默以對。

Chris並不對他的消極態度追根究柢，他們一起走到門口，Chris踏出屋外，對著強烈的陽光瞇起眼，猶豫了片刻，轉過身面對門內的表弟，「我媽堅持要和你說，如果你想參加月底的家族聚餐，儘管回去，她全力支持。」

端木的臉色微微一沉，「不，我不想回去搞壞氣氛，毀掉我媽的生日。請轉告大姑姑，她的好意我心領了。」

他從沒考慮過要回去。他的固執性格，跟那個生養他、現在卻拒他於門外的父親不相上下。

Chris早料到這個答案，也知道相勸無用，點點頭便離開了。

端木回到客廳時，藍思禮正從禮物籃裡拿起一只玻璃小罐，雙眼閃著好奇的光芒。

不僅舉止，藍思禮甚至連外表也和以往大不相同，他的兩側頭髮被隨意塞在耳後，沒有吹整造型；他的手腕、指頭和頸子都空盪盪的，沒有配戴任何飾品，身上的衣服也是端木從未見過的寬鬆舊衣。

端木杵在原地，不出聲地觀察藍思禮，看著他舉起玻璃罐，在自然光下檢視內容物的色澤，嘴角還泛起一抹奇異的微笑。

每個人的改變都有原因，藍思禮不會是例外。

一年多前，大家同樣覺得端木退出警隊、轉換職業跑道的行徑異常奇怪，說他變了個人。

多數人都不清楚背後的原因，也懶得深入探究，就像現在的端木對待藍思禮。大明星愛搞怪就搞怪，他一點也沒有興趣了解背後的原因。

✦

藍思禮不喜歡，也不想要早起，但是他沒得選擇，舒清和設定的每日鬧鐘準時七點響起，大清早帶給他滿肚子火氣。

最糟糕的是，他賴在床上左翻右滾，就是沒辦法再度入睡。小記者顯然是傳說中早起的鳥兒，眼睛一睜開，精神就很好。

後來，他硬是躺著滑了半小時手機才無奈起身。

他的兩腳剛落到床邊地面，斜對角的穿衣鏡便捕捉到他新得來的一雙大長腿，他的心情總算稍微好轉。

交換身體之後，他比從前至少高了十公分，這真是夢裡才有的好事。

他幾步走到鏡前，除了腿長，舒清和的全身比例也不差，沒了版型不合的多餘衣物，現在穿得少，反而顯得身材好。

小記者如果不是完全不懂挑衣服，就是對於展現身體線條感到尷尬。

幸好藍思禮兩種都不是。他貼近穿衣鏡，撩起瀏海，仔細端詳舒清和的五官，那是張第一眼容易被多數人忽略的平凡臉蛋，換言之，可塑性強，值得挑戰。

接下來的早晨時光，藍思禮搜索舒清和的租屋處，把小記者收放衣服的櫥櫃抽屜全打開來。

雖然能入眼的數量少得可悲，藍思禮仍舊感到躍躍欲試。如果他必須困在別人的身體裡，這個人的外表就必須順他的眼不是嗎？

「好，來看看目前能做到什麼程度吧！」

手機又響鈴又震動時，藍思禮正努力要讓小記者的自然捲屈服在他的意志與吹風機之下，差點錯過電話。

來電名稱寫著「伍總編」，帶了個總字，在職場上應該很重要，雖然感覺麻煩，他決定還是敷衍一下。

電話接通，一個粗啞的大嗓門便吼進他的耳裡，「我說你啊，身體要不要緊？這個時間還不出現，也沒打電話，你知不知道會惹人擔心啊？」

藍思禮把手機稍微放遠，順便看了眼時間，不知不覺已經九點多了。

「我沒事，只是忘記不上班要請假。」其實他是連小記者需要上班都忘了。

「哈，我就說啊，撞到腦袋果然有影響！上面有交代，你就在家休息幾天，都算公假。那你……除了忘記請假，其他沒什麼要緊吧？需不需要找個人買飯給你吃，帶你去看病啊？」

「不需要。」藍思禮想也不想，立即謝絕。他可不要任何人過來增加事情的複雜度。

「還有另一件事啊，那個萬歷的安特助帶了好大一籃慰問品過來，要我問你方不方便讓他登門拜訪？」

「不要，不方便，叫他把禮物留在辦公室，你們分著處理掉吧！」

「你這傢伙，說話的感覺忽然讓人聽了很火大耶。」

「喔，因爲……撞到腦袋有影響？」

那大概不是一個上司想要聽見的回應，伍總編的嗓門扯得更大，咆哮了幾句關於截稿、出刊的期限，又撂下幾句威脅，要他好自爲之，之後便掛斷了電話。

藍思禮滿不在乎地關閉螢幕。至於截稿日到底是哪一天，他當然完全沒記住。

放下手機，他在客廳找到昨晚亂扔的郵差包，從裡頭翻出一盒名片。他知道舒清和是個記者，卻不知道是哪家媒體。抽出名片一看，是《盜火人》雙週刊，忍不住咒罵出聲。

寫八卦新聞、養渣男友、住小公寓，舒清和這個小記者眞悲慘，不得不與他禍福與共的自己也很悲慘。

手機忽然又響，藍思禮正在心中抱怨電話太多太煩，一看來電者，驚訝得立刻接了起來。

「你醒了？今天沒有需要早起的行程吧？」

「早睡早起是健康生活的基本嘛！」

線路另一頭，小記者用藍思禮的聲音說著藍思禮不能認同的鬼話。他翻了個大大的白眼，可惜對方沒辦法看見。

「昨晚我都聯絡不到你，拜託不要一直拒接電話，我們有很多事需要談，可不可以……見個面？」大概是擔心被聽見，舒清和說話越來越小聲，到後面幾乎都快聽不見。

藍思禮考慮了一會兒，「你現在是我的模樣，不能隨便跑到八卦記者的住處，很容易引起騷動。我去找你比較恰當，正好今天是看門狗固定出門採買的日了，屋裡不會有別人。」

「狗？我沒看到狗啊？」

「我的助理，端木沐。」

「哦，助理先生複姓端木嗎？好特別！」舒清和讚嘆道。

特別個鬼！藍思禮在內心反駁，「他的單名也是沐，一大塊木頭沾到水的那個沐。這世上就是有些父母喜歡亂搞小孩的名字。」

「你是說如沐春風的沐？很好聽的——」

「夠了喔！」藍思禮沒好氣地打斷他，「聽著，我現在出發，然後在社區附近等待。木沐一離開，你就傳訊息給我。」

「好、好的，路上小心，需要我建議你怎麼搭車比較——」

「省省吧！」

藍思禮拉開公寓內門，準備出發去見小記者，迎面卻先見到已經是前男友的高孟璟。

兩人隔著第二道鐵門，高孟璟正要把鑰匙插進鎖孔，受到藍思禮現身的驚擾，鑰匙不小心戳歪，和鐵門摩擦出刺耳的聲響。

「你的膽子不小哇！要你別再出現在我面前，聽不懂嗎？」

藍思禮目露凶光，用力推開外門，嚇得高孟璟後退兩大步，口中急忙嚷道：「等一下、等一下！我不是故意的，是沒料到你這個時間還在家！」他的鑰匙串嗆啷啷地響，差點就要從指間脫逃，直接摔到一樓。

「趁我不在家，想要幹嘛？」

「我總不能穿昨天的衣服上班吧？」

聞言，藍思禮稍微收斂怒火，高孟璟的確還穿著昨晚的衣服，起皺的襯衫和長褲無精打采地掛在身上。

他同意任何人都不該以這副德性在外嚇人，無論對方是怎樣的一個敗類人渣。

他歪了歪頭，示意高孟璟可以進門。對方卻沒有立即舉步，視線在藍思禮臉上搜索著什麼、等待些什麼。

藍思禮只是不耐煩地瞪著他。

「現在還不遲，」終於，高孟璟開口道：「這一次我可以寬宏大量不計較，只要你承認後悔。」

「後悔沒有打斷你的腿？」藍思禮罵道。

「哎，趕我出去一晚還不夠你消氣嗎？你是認眞要我走，永遠離開？」

對方的語氣急促且懊惱，他的神情在藍思禮看來，與其說是感情受創，不如說是自尊心過不去，這讓藍思禮心底的厭憎更深。

「知道什麼事很奇怪嗎?你從頭到尾一個字也沒提居住權利，不談租金或水電，甚至忽略我造成的財物損失。這是因爲你從頭到尾都只是在占便宜，根本沒出過半毛錢。」

藍思禮發現自己沒猜錯。對方別開了視線，眼底閃過一絲羞愧，倒不算全無良知。

「我也可以寬宏大量，不跟你計較金錢。今天就讓你進來收拾行李，你的東西全部帶走，離開時把鑰匙留在餐桌上。等我回來，要是你沒走，我會找警察，還要把整件事鬧到你的公司，爲你的同事和上司，甚至是大樓的警衛，增添一點吃飯聊天的話題。」

高孟璟一開始還想出言爭論，聽到後段，臉色越來越白，到最後只能僵硬地點點頭。

已經沒什麼話可說，藍思禮背起包包要走，高孟璟卻挪動半步，站到他的正前方。

「你要去哪?不像是去工作。」他的目光仔細打量了藍思禮的周身一圈，眼神在驚訝與貪婪之間搖擺，「你看起來……還不錯。」

藍思禮心想，那個感覺很容易哄騙的小記者大概會臉紅動搖，但是小記者目前不在家。

他勾唇一笑，「惡魔出門還能做什麼？不過別怕，你的靈魂很安全，我們對瑕疵品沒有興趣。」

他伸肘擠開對方，不疾不徐地出門下樓。他不需要回頭也知道，對方的視線正牢牢跟著他的超緊身牛仔褲。

Chapter 07

藍思禮回到自家大門口，感受十分詭異。

幫他開門的人擁有他的外表，神情舉止卻與自己迥然不同，就像見到另一個時空的他，或是失散多年的雙胞胎兄弟。

門裡，舒清和靦腆微笑，朝他伸出手，「藍先生，很榮幸終於和你見到面。」

「多餘的稱呼就免了吧！」藍思禮伸手回握，視線不客氣地往下移，將對方的打扮盡收眼底，他有很多很多形容詞想要一吐爲快……

然後他轉回視線，回到那雙亮燦燦卻微微透著緊張的大眼睛。他都不知道，原來自己有辦法看起來像隻急著想討好主人的小狗。

算了，反正是在家裡，穿什麼都無所謂，外出工作的時候再讓麗莎煩惱吧！

藍思禮決定算了，舒清和可沒有同樣的打算。他的視線緊跟著藍思禮，看著對方經過自己往內走，看著那條早已被他遺忘的牛仔褲，正貼著他的腰、臀部和大腿，緊得宛如人體彩繪，身體曲線一覽無遺。

那條褲子是多年前學姊硬拖著他去逛街買來的，只穿去酒吧一次，就被遺忘在衣櫃某處，藍思禮竟然有辦法挖出來。還有那件太花俏、難以駕馭的印花上衣，也是差不多的命運，穿沒兩次就遭到遺棄，現在被藍思禮穿上，看起來竟然瀟灑帥氣，簡直沒有道理！

他跟在藍思禮身後，目光很難不緊黏著自己的臀部……他覺得自己像個變態。

「那條褲子好像……有點緊？」他客氣地提示。

「不，是非常緊！」藍思禮回眸一笑，手掌在屁股最挺翹的位置拍了兩下，引起舒清和一陣心驚。

「你有個頂級翹臀，藏起來太可惜。」

這、這是性騷擾吧？舒清和想著。

「你……過獎了……」這不是他心裡想說的話。同時，他的臉不由自主地漲紅，並散發出熱氣。

「看你用我的臉害羞，尷尬的程度在我的人生中，可以排到第二名。」

藍思禮搖搖頭，別開了眼。他把自己拋進客廳沙發，兩條腿抬起放在咖啡桌上，腦袋往後仰靠，整個人放鬆下來，癱得像沒骨頭似的。

他的手腳變長了，家具的尺寸便彷彿小了，展開雙臂，一次能占據兩個座位，雙腿跨超過桌面的一半——他滿喜歡這種嶄新的感受。

舒清和也坐下來，心裡正好奇著，什麼事在大明星的尷尬榜上奪冠？

他看著藍思禮囂張的坐姿，雖說是自己的身體，卻陌生得幾乎不認得。他稍微想像對方在自家小公寓裡的模樣，畫面卻怎麼樣也構築不出。

想到公寓，便想起高孟璟，舒清和小心翼翼詢問，「你應該已經見過我的男友？」

「見到了。」

「那……你們處得怎麼樣？」

藍思禮翻眼瞪視，答案不言可喻。

舒清和見狀急忙解釋，「他只是個性比較直，對你的態度不好，是因爲我們還在磨合。」

「磨合？『磨你自己，迎合對方』的意思嗎？」

好中肯……不、不是！舒清和反駁，「昨天你才第一次見到他，別那麼早下定論，他其實、其實也有對我很好的時候。」

藍思禮坐直上身，有些不耐煩地指著牆角的方形金屬桶，「認得那是什麼嗎？」

舒清和雖然迷惑，還是乖乖回答，「呃，垃圾桶？」

「你在這間屋子生活不到二十四小時，就看出那是垃圾桶，我在你家認出一坨垃圾需要多久時間？」

「那、那是……你的說法實在……實在……」小記者睜大了眼睛，張口結舌。

「實在很侮辱人，對吧？」藍思禮又癱回沙發，「可是你沒有生氣，昨晚甚至忘記警告我，代表這位前男友在你心中根本毫無分量。」

「怎麼已經變成前男友？」

「我把他趕出去了。」

舒清和發出一聲短促驚叫。

藍思禮不悅地揚起眉，他是公認的美聲歌神，發出那種恐慌叫聲，簡直不成體統。

「等我們交換回來，一切恢復正常，你喜歡被糟蹋，要追回只想喝牛奶的廢物，儘管去！在那之前，別期待我和那種傢伙有任何交集，做不到！門都沒有！」

藍思禮短暫閉起眼，實在受不了看見自己可憐兮兮的傻樣。他通常不跟旁人言語糾纏太久，小記者是個無可奈何的例外。

「說眞的，讓他離開是天大的損失嗎？他是你命中注定的姻緣嗎？你非他不可？」

舒清和囁嚅道：「是沒有到那種地步……」

「那就太好了，共識達成，牛奶男的話題到此爲止。」他忽然起身往廚房走，「我好餓。」

舒清和微微一愣，快步跟上。

「早餐沒吃飽嗎？我的食量不小，每餐可能比你平常多很多。」

「我什麼都沒吃……喂，你在幹嘛，打算煮給我吃嗎？」

藍思禮瞇起眼，看著小記者繞進調理區，開始拿鍋子、翻冰箱、開櫥櫃，雖身在陌生的廚房，手腳倒是很俐落。

舒清和點頭，「下廚有許多好處，可以幫助心神寧定，現在的我非常需要。」此外，這也是他接觸過最高級的廚房，方便好用，食材又豐富，他不介意把握機會多享受幾次。

「對了，剛剛你說沒吃是什麼意思？」

「不知道你對什麼食物過敏，不想隨便亂吃。」藍思禮停止搜索零食，找了張椅子坐，既然有人自願下廚，他沒道理反對。

「喔，我倒忘了有食物過敏的風險。沒有，任何食物我都可以吃，你呢？」

藍思禮歪了歪嘴角，一抹奇異的光芒閃過眼底，「蜂蜜、大多數堅果類、帶殼海鮮、奇異果、芒果和竹筍，過敏反應輕重各有不同。」

舒清和張大嘴巴看他，那是藍思禮預料之中的反應。

每個人初次聽見他的食物過敏清單，總是不相信。從前那些負責照顧他的監護人和家人們，老是堅持喝一口果汁不會怎麼樣，吃一顆花生不會怎麼樣……直到不得不送急診，才悻悻然指責他難養、淨會找麻煩。

「那可是我們交換身體後的第一件好事！」

小記者興高采烈的聲音把藍思禮的思緒拉了回來，他揚起眉，詫異地看著小記者的整張臉被笑容點亮。

「你一定要利用這段期間嘗試各種食物，盡量吃！我的腸胃功能完全沒問題，可以吃很多。從小到大，除了父母，我得到過最多的讚美就是來自醫生。」

藍思禮難得沉默以對，小記者不是應該哀嘆自己忽然有許多食物不能吃，怎麼反而爲別人感到高興？他眞的不懂這個人的思路。

「吃麵可以嗎？」舒清和的半個身體幾乎探進冰箱裡，完全沒注意到另一個人的情緒變化。

藍思禮聳聳肩，「都好，隨便你煮，我上樓拿點東西。」這是小記者的身體，偏好的口味當然也是小記者最清楚。

藍思禮上樓辦事，舒清和在廚房忙碌。

先煮好水，在計時器的輔助下，肉丸子、蛋、麵和青菜依序下鍋，這些步驟他重複過無數次，雙手是半自動的狀態，幾乎不需要用腦。

他的腦袋想著高孟璟，分手了，應該要很受打擊，可是他僅是聽藍思禮口述，沒有親身經歷，感覺就像聽別人說故事，很模糊，也很麻木。或許他需要回到自己的身體，再見到高孟璟，才有分手的實感。

嘆了口氣，舒清和把調味料加入鍋中，蓋上鍋蓋，再次設定計時器。

老實說，昨晚忘記先和藍思禮提起男友，舒清和自己也驚訝。他把高孟璟當成生活的重心，以爲對方是不可或缺的重要存在，豈料世界天翻地覆的時候，他第一個就把對方拋到腦後。

難道藍思禮說得對，高孟璟的重要性其實不如自己的想像？他們交往半年的時光，其實沒有太多愛情的成分？

他的一顆心微微下沉，忽然搞不太清楚自己對高孟璟的眞實感受。

藍思禮下樓時，煮好的麵正好起鍋。

他回寢室拿了錢，把不常用的金融卡、信用卡和一小疊現金都收進小記者的便宜皮夾裡。

過小記者的生活他勉強可以辦到，但小記者的微薄薪水他可花不下手。反正他的明星生涯賺來的錢幾輩子都用不完，負擔兩個人的開銷也不過是九牛一毛。

他坐上餐桌，對舒清和端來的湯麵投以不信任的目光。

碗裡的主角是捲捲的麵條，正中央有一顆漂亮蛋黃，香菇、青江菜和神祕的丸狀物，在油亮亮、黃澄澄的湯汁裡載浮載沉。他湊近去聞，起司的濃郁香氣撲鼻而來。

舒清和拉開椅子在藍思禮的對面坐下，雙手在膝上絞扭著衣襬，緊張得像等待評審打分數的廚藝節目參賽者。

藍思禮謹慎地吃一口麵，喝一口湯，歪了歪頭，又接著吃。

沒有批評就代表喜歡，舒清和當然不知道大明星的怪習性，他只能從對方毫不停筷的進食動作來判斷味道應該合胃口。他的緊張終於減低了一部分。

「以前我妹、我弟晚上喊餓，都是我煮麵餵飽他們，幾乎什麼料都能加，方便又好吃。」

「你是長男？」

「對啊，三個小孩裡的老大。你要聽聽我家裡的事嗎？」

藍思禮忙著吃麵，沒有反對，舒清和便興致勃勃介紹起家鄉的五位親人，有弟弟、妹妹、父母和年事已高的祖母。

家裡只有他一人離鄉背井，在大城市打拚。妹妹剛出社會，是地方公務員；弟弟還在讀大學，每天通勤住家和學校；父親是客運司機，而母親在么兒上中學以後才出外工作。

舒家在經濟上一直都有點窘迫，家庭氣氛倒還算融洽，是個有苦有樂的普通人家。最近幾年，舒清和與妹妹陸續就業，家中負擔減輕，情況總算越來越好了。

「我妹是你的多年粉絲喔！」舒清和補充道。

藍思禮哦了一聲，抬起頭，筷子難得停頓了片刻，專心聽舒清和講起妹妹追星的趣聞。大明星藍思禮把所有的愛和耐性都保留給粉絲，以至於沒剩下半點給其他人，這是大家都知道的事。

「我還住在家裡的時候，每天都被迫聽你的歌……啊，不、不是說我不喜歡聽喔！」舒清和措辭失誤，急忙補救。

「從牛奶男就看得出來，你的品味糟糕，跟你妹不一樣。」藍思禮說著，繼續低頭吃麵。

舒清和鼓起雙頰，又想起高孟璟老說他不適合裝可愛，趕緊換了個表情。

「你的家人呢，有手足嗎？」謠傳藍思禮沒有任何親人，但是沒人能證實。

「我不跟記者談這些事。」

「現在我又不是記者。」

「遲早會做回記者。」

聽藍思禮答得篤定，令舒清和既感意外，又覺得安心。

「你想過我們要怎樣才能換回去嗎？」

藍思禮還沒空想，整件意外根本就是不可能發生的怪事，鬼才想得出復原的方法。

「說不定我們需要重複一次同樣的意外，戲裡都是這麼演的。」舒清和猜測道。

待。

藍思禮嚼著肉丸子思考，五官漸漸揪了起來，再從高處摔下來可一點都不令人期地需要時間。」

「如果你的理論正確，我們就只能等了，飯店那邊大概還是一團亂，修復婚宴場地需要時間。」

「啊，萬歷總裁的婚宴！」舒清和臉色大變，「我們一定要在婚宴之前恢復原狀！要不然，我、我可沒辦法代替你表演……」交換來的腸胃眞的好脆弱，他光想到可能要代替藍思禮上場，肚子就開始疼痛。

大明星一點都不緊張，擺了擺手笑道：「無法演出的手段多的是！食物中毒、重感冒失聲、腸胃炎……太多了。不是我自誇，要隨手來一招急性腸胃炎，也不是什麼難事。」

「但是你很想演出吧？錯過萬歷總裁的婚宴，你不會在心裡遺憾一輩子嗎？畢竟你們私交不錯，對不對？」

藍思禮用筷子尖端指著他，「那個，我也不跟記者談。」

「可是，你都不提私生活，萬一哪天冒出來什麼曖昧對象，我該怎麼應付？」

「你是不是覺得演藝圈很淫亂、齷齪，所有人都搞在一起？」

「不是嗎？」

藍思禮翻了個白眼，「一部分的圈內人是吧！」

他肚子餓，吃得快，麵和配料已經半點不剩，他用雙手捧起湯碗就口，再放下時，連湯汁都幾乎見底。

「往後如果你不幹記者，可以來替我煮飯。」

這絕對是讚美吧？舒清和露出欣喜的笑容，「現在是誰爲你煮飯？難道是……木沐煮嗎？」

藍思禮微微嗆了一下，隨即大笑，「不可能的！木沐煮的東西吃不死人，但是吃了會很想死，我才不自找罪受。」

舒清和對助理先生的好奇心被搧得更旺盛了，「木沐說他不只是助理，你的經紀人麗莎對待他也和一般的助理不同，是不是有什麼原因？」

「說穿了也沒什麼特別。」

大概兩年前，藍思禮受到瘋狂歌迷的騷擾，憂心忡忡的公司因此想聘個貼身保全，卻被他一口回絕。

他不喜歡身邊圍繞著太多人，在工作場所是無可奈何，在這間屋子裡，他的忍受度就大幅降低。

平常已經有貼身助理、經紀人麗莎、麗莎的助理團隊和家事服務員出沒，再加一個全天候保全，他就要窒息了！他誇張地抗議，揚言要攆走任何被聘僱來的保全。

他的固執讓公司倍感苦惱，碰巧那時的新助理受不了大明星的脾氣，哭哭啼啼地說要離職，於是有人提議找個附加保全功能的助理。

僱一個保鑣型助理，團隊人數沒有增加，和往常一模一樣，藍先生一定不會反對！

「沒有哪個腦袋正常的人會接這種工作，所以我同意試試看。」藍思禮輕描淡寫地說。

舒清和閉緊嘴巴，用力嚥下「難搞」兩個字。

其實，藍思禮並不在乎別人說他難搞，他自己也從不否認。每個離職的助理都累積了滿腹辛酸，雖然受制於保密條款，害怕嗜血的法律團隊，對外不敢多說細節，但是人人都知道，大明星藍思禮不好伺候。

如今難搞已經是藍思禮的特色之一，粉絲們讚嘆他是真性情、不做作，各種金錢貢獻和熱情擁戴從沒少過，公司也就由得他任性。

後來公司聘僱的保鑣型助理便是端木沐。或許是因爲有過社會經驗，不是初出社會的菜鳥，端木比前面無數任小助理的抗壓性都強，任職至今一年多，尚未出現心靈崩潰的跡象，已經是耐用程度名列前茅的長命助理。

他不怕藍思禮的脾氣，甚至可以說是不在乎雇主的情緒起伏，他不是遲鈍的笨蛋，不會黏得要命，更不是麗莎的乖小狗。

「最奇妙的是，木沐對演藝圈完全不關心，也沒興趣。」

「對演藝圈沒興趣的話，爲什麼要當藝人助理？」舒清和好奇問道。

「聽麗莎說，他以前是特種警察之類的。那種背景在保全公司之間肯定是搶手貨，不過他卻甘願來當小助理，我猜多半是因爲在警隊發生過不光彩的醜事，所以在其他地方混不下去。」

舒清和還不太認識木沐，聽著卻已經有點同情對方。

「你知道萬歷最陰森的總裁特助Chris吧？」

舒清和遲疑地點點頭，他多少也認同Chris在外的風評，只是這樣好像背後說人壞話，他的良心不安。

藍思禮才不管那麼多，接著又說：「他們是表兄弟，加上大家都惋惜木沐大材小用，麗莎的態度才因此有所不同。」

提到Chris，藍思禮忍不住接著想，既然連交換靈魂這種怪奇事件都會發生，搞不好世上眞的存在吸血鬼。

他分心思考了一下Chris爲何不怕陽光，直到舒清和看他的眼神越來越迷惑，才輕咳一聲道：「總之，這就是全部你需要知道的端木沐。」

另一件很小的事，藍思禮覺得不需要向舒清和交代。

十幾個月來，只要逮到機會，藍思禮就愛招惹木沐，色誘、調戲樣樣來。

他倒不是眞的想把端木弄上床，也沒有明確的企圖或意義，純粹覺得端木的個性如此沉悶無聊，外表嚴肅到近乎好笑。騷擾這樣正經的男人，看對方或火大或無奈，實在充滿娛樂價值，有趣到不可自拔。

經紀人麗莎把這些胡鬧都看在眼裡，曾經三番兩次勸他，「木沐最討厭你這種惡魔系，你明知道他永遠不會動搖，為什麼偏要浪費時間呢？」

麗莎眞的完全不懂，正是因為木沐的永不動搖才有意思，這確保了樂趣可以持續，什麼差錯也不會有。

近來，藍思禮開始對這個遊戲感到膩了，上天卻送來一個大轉折。

他望著舒清和，一個又乖又呆、沒什麼心機的小記者住在他的身體裡，各方面都和眞正的他大相逕庭。木沐一定很受衝擊，內心不知道有多混亂，他眞希望能在場親眼目睹。

「請、請問……你在奸笑嗎？」舒清和戰戰兢兢地問。

「嗯？喔，我私底下笑起來就是這個樣子。」

藍思禮把碗筷都撥到一旁，雙手忽然越過桌面握住舒清和的雙手，後者的全身立刻僵硬起來。

「你別光看木沐的強悍外表，他的內心其實是一隻寂寞的泰迪熊，只是吃了不擅表達和神情凶巴巴的虧。」他努力壓制住笑意，認眞凝視著小記者有些驚慌的雙眼，「我不在的這段期間，請務必代替我好好照顧木沐，多交談、多互動，給他滿滿的溫噯！」

「我、我盡力……」舒清和忽然感到巨大的壓力，「只是，我怕我光是努力不要被拆穿身分，就應付不過來了……」

藍思禮鬆開手，嗤笑道：「要怎麼拆穿？又不是喬裝易容，他們最多就是懷疑你因爲壓力太大而性情大變，可能帶你去收驚、跟心理師懇談，或是暫停一切公開活動在家靜養。然後每個人都會來安慰你，要你放輕鬆，別想太多。假設眞的有人靈感大發，識破我們的現況，更好！要他馬上拿出解決方法，做不到就閉上嘴。」

舒清和欽佩道：「你適應得眞快。」

藍思禮自己也有些意外，大概是因爲許多年沒像昨晚睡得那麼好，吃得像今天這麼沒負擔。

「昨天晚上做了點揮棒練習，很舒壓，對轉換心情有幫助。」

「你找到我的球棒？居家防衛或是強身健體都很好用對不對？我從小就喜歡棒球，小學加國中，一共打了九年的棒球校隊。」

「是啦，好棒，好了不起。」

藍思禮敷衍得好明顯，舒清和忍不住笑，「你是不是很討厭運動？」

「十分討厭，等我們換回來，你會得到圓圓的肚子和雙層下巴。」

「沒關係，我努力一點練回來就好啦！你把握機會享受美食，好吃的東西眞的太多了，只怕你吃得不夠。」

藍思禮的本意是想看小記者哭喪著臉哀求，接著他再勉強同意，順便藉此交換一些自己的要求。沒料到，對方沒有半點爲難的模樣，還反過來爲他著想。

「你眞的對我沒有要求？」

「要求自己比較快啊！」舒清和微笑著說：「只要不是辭職、搬家之類對我的生活衝擊太大的改變，我就很感謝了。」雖然和男友分手也算衝擊，然而發生就發生了，現在拜託藍思禮已經太遲，往後他再自己想辦法。

「你知道嗎？這是個黑暗的世界，你體貼退讓，就有人得寸進尺，我現在就示範給你看。」

藍思禮的語氣帶著戲謔，緊接著下達的各種指示，卻不是在開玩笑。

工作上的應對、生活的細節，他挑揀著在意的部分說。舒清和認眞地聽，一時記不了全部，還打開手機軟體，努力筆記。

大明星的作風強勢，但他沒有要求舒清和化身爲另一個藍思禮，而是把他當成職務代理人，好好代班即可。

舒清和感激之餘，心裡依然惴惴不安，希望一切正如對方所說，他的身體是百分之百的藍思禮，沒什麼可拆穿的。

他也解說了記者的工作，拜託藍思禮留意職場上的某些人和某些事。他不期待太多，只希望在恢復原狀之後，還有個工作在等他。

「你的工作是最不需要擔心的部分，」藍思禮懶洋洋地回應，「我說過，你可以來爲我煮飯。」

「我只是煮了泡麵，你根本不清楚我夠不夠格。」

「我當然也隨時可以開除你。」

還眞是非常令人放心的承諾……舒清和苦笑著搖搖頭。

他們一直談到接近木沐回來的時間。據藍思禮說，助理先生對於時間的掌控非常精準，提早到或晚到都極少發生。

「小記者，」臨走前，藍思禮忽然問，「你喜歡你的人生嗎？」

太突然了，舒清和的腦袋一片空白，答不出來。

「昨晚你問過我，是否不喜歡自己的人生。老實說我不知道，因爲我從未嘗試過別的人生，但是現在……」藍思禮勾起唇角，腦袋微微歪向一邊，「等這件意外過去，也許我們都可以找到答案。」

與舒清和分別後，藍思禮決定逛一趟《盜火人》編輯部打發時間。

小記者建議他體驗一些身爲大明星時無法實現的渴望，但是他傾聽內心的聲音後，發現他只在乎自己的音樂、事業，最大的渴望，就是結束這場災難。

他不知道該怎麼找到復原的方法，也不可能有人知道。或許就像他平常寫歌一樣，靈感的降臨沒有徵兆、不問場所，你只能追隨直覺，什麼都試試看。

思前想後，深入小記者的生活，似乎是個不錯的方向。再不濟，至少他能爲小記者建立一個「頭破血流也要上班」的八卦戰士形象，讓所有人的下巴都掉滿地。

藍思禮先回到公寓更換服裝，八卦記者可以有個好看的屁股，惹眼的花俏襯衫大概就沒那麼理想。他猜想自己必須適當融入環境，不能一眼就被跟蹤的目標發現。

身爲藝人的時候，八卦雜誌是煩得要命的肉中刺，此刻換了身分，得到機會讓他的同行日子難過，那又是另一番樂趣了。

他忽然覺得，未來的記者人生，也不是那麼灰暗不堪。

出版社大樓是萬萬不可出版的資產，一到四層租給其他公司，《盜火人》編輯部位在八樓。

中午休息時間已過，只有兩個人在藍思禮後頭進入電梯。他正低頭確認手機裡舒清和寫給他的辦公室位置，沒有抬眼多看，那兩人也沒有理睬他，三個人安安靜靜分據電梯左右兩側。

到五樓時，一次進來好幾個人，問候聲同時響起，對象都是同一人，有人喊梅先生，也有人叫總經理。

那不就是梅總……沒種？藍思禮抬起眼，一時沒忍住，嗤了一聲。

電梯裡，所有人都轉頭看向藍思禮，包括那位梅總，他瞪過來的眼神帶著電，又彷彿有火，的確具備總字輩的氣勢。他的長相也好看，身形挺拔，最重要的是，他知道如何展現自己，從弧度彎得恰到好處的前額髮絲，到雙足蹬著的閃亮真皮鞋面，幾乎沒有缺點可挑。

而且……還很眼熟，不過藍思禮想不起他曾在什麼地方見過對方。

梅總經理瞪著雙眼好一會兒，發現這位無禮的員工不但沒收回目光，反倒看他看得更仔細，臉上頓時烏雲密布，眼看就要打雷，其他人見狀都搶著在七樓離開。

當藍思禮還是原來的身分時，他不會爲這種好笑的狀況多做解釋，可他現在不是藍思禮，他願意稍微妥協。

「只是想起一個很有趣的笑話，沒有冒犯的意思。」說著，他輕鬆一笑，八樓到了，門一開，漫步而去。

梅曦明按住開門鈕，難以置信地望著無禮員工離去的背影，目光好不容易才從對方的臀部扯開。

「你認得他嗎？」他轉頭問祕書。

「認得是認得……」祕書可以感應到，即將有令人頭痛的事要發生，「他說了，只是想到有趣的笑話，和您過剩的自我意識沒有關係。」

「先回辦公室，我要看他的檔案。」

在祕書飽受磨難的長聲嘆息中，梅曦明逕自變更路線，按下了十一樓。

✦

往辦公室的走廊上，有人朝藍思禮的方向呼喊，沒有任何反應，直到來人站到他的面前，距離不到一條手臂長。

「小和！幹嘛都不理人？」

對了，小和是叫他，現在他是小記者。可是，擋住他去路的一個、兩個、三個……總共六個同事，這種情況在舒清和列出來的注意事項裡嗎？他聽他講了好多，記住的不到三分之一。

最前方的女同事大概看他久不答話，心裡焦急，往前又逼近一步，藍思禮立刻後退兩步。然而，對方再度貼上來，於是他忍耐不動，雙手插進褲袋裡，避免不小心伸手推開對方。

「有什麼事嗎？」藍思禮皮笑肉不笑地扯動嘴角。

「聽說你救了藍思禮，他要不要緊？IG上面說沒事，是眞的嗎？」一個人代表發問，其他每一張臉，也都顯露出同樣的關切。

哦，是歌迷。藍思禮的表情變化快得像有開關控制，一瞬間露出眞誠又閃亮的笑容，「是眞的，他毫髮無傷，正在爲下一張作品養精蓄銳，大家不必擔心。」

聞言，所有人都鬆了口氣。

「眞的是多虧小和，如果藍思禮受了傷，那個該死一萬遍的萬禧飯店怎麼賠得起？」

「但是他有受到驚嚇吧？他們最好有認眞賠罪！」

「想到他摔下來的時候不知道有多害怕，我都要心疼死了！」

粉絲們你一言我一語，都在爲偶像抱不平，藍思禮在一旁不斷點頭附和，「眞的，我也是一樣的想法。」

「小和，你接住他的時候有抱到吧？感覺怎麼樣，你們後來有沒有交談？他私底下是怎樣的人？」

問起大明星的個人資訊，那就更加容易回答了。如果是面對一般人，藍思禮或許還有所克制，但是在粉絲跟前，他不覺得需要客氣，各種讚美傾巢而出。

反正用的是舒清和的外殼，沒有自吹自擂厚臉皮的問題。

粉絲們聽得心花怒放，都覺得小和非常上道，說話超動聽，又羨慕他得到許多大明星的一手資訊。最後眾人心滿意足散去時，還塞了他滿懷的餅乾、蛋糕、咖啡和奶茶，小記者在公司的形象，似乎就是喜愛吃吃喝喝。

進到辦公室，藍思禮在同仁們驚訝的招呼聲中，認出廖博元的臉。他記得廖博元是發生意外之後，留在醫院的其中一位，他幫忙辦手續、找醫護，是舒清和重要的同事。

對了，小記者還說，此人的暱稱比本名更常用，偏偏藍思禮天生在記憶人臉與稱呼上，有相當程度的障礙，暱稱和本名都想不起來。

他只知道在醫院的時候，即使自己的態度差勁，對方也沒對他生氣。

「小和？怎麼回事，竟然沒在家耍廢，工作比休公假有趣嗎？」

「工作的確比較有趣。」藍思禮不知道記者的工作狀況，不過對他來說，寫歌唱歌、在觀眾面前表演，這些工作眞的比懶在家裡有趣太多。

他把手裡的咖啡分給廖博元，對方高高興興收下，「謝啦！你眞是越來越有成熟社畜的樣子，已經沒有救了。」

找到舒清和的座位不難，小記者給過明確的位置圖。廖博元就在他的隔壁，整潔度是地獄等級，所有的設備、資料和個人物品，都因爲前世做盡壞事，今生落到廖博元的座位區受苦受難。

小記者的位置就很清爽，物品雖多卻收拾得井井有條，桌面到處裝飾著精巧的小玩偶，就像他的公寓，藍思禮一點都不感到意外。

一名中年男子從另一扇門出現，即使沒事先看過照片，聽他驚訝喊出一聲「小和啊」，也不難認出這人是與他通過電話的伍總編。

他朝藍思禮揚起眉，「眞看不出你是閒不下來的類型。順便跟你說一聲啊，禮物籃已經讓大家分了，你可不要反悔喔！」

藍思禮搖了搖手，一點都不介意禮物怎麼分。

廖博元從旁遞來一只方型金屬盒，大紅底色，盒面有花、有鳥，還有華麗的金色文字，樣式很精緻。

「幫你留的，」廖博元露齒燦笑，「記得你喜歡包裝漂亮的外國糖果。」

小記者糟透的戀愛運，看來在職場關係上取得了平衡。

藍思禮望向廖博元，兩人站得近，不只笑容，他還清楚看見聚集在對方眼尾的年齡痕跡……啊，想起來了！「謝啦！老伯。」

對方的笑容一瞬間消散得無影無蹤，辦公室裡的其他人卻都笑了，藍思禮猜想自己就算叫錯，應該也錯得巧妙。

眾人的笑聲未歇，梅曦明便忽然邁著大步進來。

辦公室裡的氣氛霎時變了，變得寂靜，也變得緊張。一方面是因爲大家敬重總經理的職位，另一方面，梅曦明也的確散發出讓整間辦公室都要聽他號令的氣勢。

梅曦明一路走到伍總編的桌前，期間沒有多看藍思禮一眼。

「萬禧宴會廳的報導少了點什麼。」總經理開門見山道。

伍總編瞇起迷惑的雙眼，「我們的報導主題是豪華婚宴會場、令人驚喜的表演嘉賓，以及本刊記者的英勇表現，內容豐富到篇幅都快不夠用了啊！」

總經理不以爲然，「結果場地完蛋，金絲雀從樹梢掉落——」

「金絲雀？」藍思禮倒抽一口氣。

梅曦明皺起眉頭，他不喜歡說話時被打斷，但是現在沒空理睬無禮的員工，他繼續說：「重點要放在意外，還有意外的成因和背後的責任。記得要提到萬禧姓賴的，那傢伙搞出這種紕漏，別想要全身而退，篇幅越多越好，上封面也可以。」

上級硬要更改早已定好的內容不是什麼新鮮事，伍總編嚥下差點吐出來的一口血，勸道：「萬禧飯店也算是自己人，賴總那邊恐怕不好看啊！」

「報導是公平的，他要是還有臉生氣——」

「你看起來眞的好眼熟。」藍思禮又插嘴。

這回不只總經理，所有人都感到驚訝，包括旁邊親子月刊的編輯部，也投來許多看熱鬧的視線。

「廢話，我是你的總經理！」

「啊，想起來了，那個丁什麼……丁路亞的生日派對！」藍思禮拍了一下手，爲自己的記憶喝采，「你們一起抵達，又一起離開，整晚膩在一起。」

伍總編本來要開口斥責，要他別胡亂插嘴，餘光卻看到總經理一臉震驚，便閉上嘴巴。

「那場派對受邀的賓客不多，消息沒有洩漏，你怎麼會……」梅曦明醒悟到該閉嘴的時候已經太遲。

「總經理，您的意思是說，」總編身旁一名長髮女子氣勢洶洶地站起，從桌面傾身，「過去一整個月，每個記者都在埋伏、跟蹤、到處打聽，大家辛苦得要命，想找出誰是名模丁路亞的祕密情人，結果答案竟然就是樓上辦公室的您嗎？」

「不是，傳聞與事實不符，我和丁路亞只有過一兩次的……交流。」

「啊，交流，眞有意思的用語。」藍思禮譏諷道。

梅曦明那雙帶電的眼又狠狠瞪過來，這回額外加上了微微發紅的耳尖，「我們從來不曾眞正交往，現在更沒有任何瓜葛。」

「那支閃得讓人眼瞎的腕錶，是分手遣散費囉？」

「你竟然連那個也……不、不是！手錶是好聚好散的生日禮物！」

「品味有待加強。」

「你說錶，還是人？」這可是一支名牌新款、昂貴華麗的好錶！

藍思禮歪起嘴角，得意一笑。他恨透金絲雀這個舊稱呼，沒有人可以當著他的面亂叫而不受到制裁。

「依我的淺見，報導總經理的這件緋聞，那才叫公平。」

編輯部眾人紛紛附和，看在梅曦明眼裡簡直是造反。他是來對萬禧飯店賴總經理落井下石，為什麼焦點最後跑到自己身上？這個姓舒的員工又是怎麼回事？無論是從人事檔案看，或是聽祕書的報告，他明明都是個正常的普通員工啊！

總經理瞪大的眼裡彷彿要噴出火來，第一個要燒的是誰，猜都不用猜。

伍總編咳嗽一聲，連忙對廖博元說：「你啊，不是要去拍那個、那個誰？帶著小和一起，趕快出發！」

「所以我們要去拍誰？」藍思禮雀躍地問道。

「最近鬧婚變的羅松濤。」他們一路往電梯走，廖博元看了看手錶，時間有點緊迫，「有消息說，他被老婆從渡假村趕回來，班機在中午左右落地，我們要去他家等著，想辦法拍幾張他失魂落魄的精采照片。」他伸手拍了拍他的寶貝相機包，神情甚是得意。

藍思禮搜尋了一下記憶，「電視台的那個金牌製作人羅宋湯？」幸好有這個好記憶的諧音綽號。

藍思禮和廖博元同時轉頭，驚見梅曦明陰魂不散地跟在他們身後。

「你記得一個電視製作人和他的綽號，卻認不出我是你的公司上級？」

辦公室裡都沒有人攔阻他嗎？

這麼近看總經理，藍思禮依然找不到對方有什麼瑕疵。他還聞到強烈的香氣，是帶點辛辣和神祕的煙燻氣息，在大白天的工作場所，這是個可議的選擇，然而性感、大膽，頗合他的喜好——這位梅總挑對象的糟糕品味，萬幸地沒有蔓延到其他領域。

藍思禮既然想起對方是丁路亞的男伴，便連帶記起梅曦明這個人。他們以前並沒有交談過，出席過的場合卻頗有交集，許多是萬歷的場子。

這種英俊多金、自命風流的貴公子，在他眼裡最是麻煩，但凡遭受到一點挫折，霸總病就會發作，要是惹上了，便後患無窮。

或許他不該嘴快，硬要針對金絲雀這個稱呼進行報復……

不，不對，報復是正確的，他錯在報復得不夠巧妙。

「總經理您看，」廖博元忽然插嘴，指著藍思禮額頭上的藥用膠帶，「這傢伙昨天撞到頭，所以糊裡糊塗的，不是針對您個人。眞的抱歉，我們趕時間，先走一步，總經理再見！」

他邊說邊走，拉著藍思禮的手臂，差點就要用跑的進電梯。

可沒料到，總經理竟也跟著走進電梯，廖博元忍著不嘆氣，手指反覆按壓樓層鍵，彷彿這麼做可以加速電梯運行的速度。

「總經理要去幾樓？沒有搭錯方向嗎？」

梅曦明把發問的廖博元當空氣，一雙眼只盯著藍思禮，「誰告訴你丁路亞生日派對上的事？」

藍思禮翻了個白眼，「知道是誰又怎樣？你要派人幹掉他嗎？要寄絕交信嗎？」

「快點說。」

「藍思禮。」

「藍……思禮？」

「對，藍思禮，沒聽說我救了他嗎？」他做了幾個誇張的手勢，「現在我們已經是生死與共的交情，他把一生大小事全都傾吐出來，我什麼都知道。」

梅曦明笑了幾聲，笑聲中毫無歡愉的成分，音色倒很迷人。

「你在胡說八道，你膽敢當著我的面胡說八道？」

噢，他可以當著梅總的面做很多事，就怕對方知道了會發抖。藍思禮詭祕一笑，梅曦明則狐疑回望。

他們終於抵達地下停車場，廖博元搶先踏出電梯，依然一手拉著藍思禮，「總經理請留步，我們還有工作要忙。」

梅曦明不加理睬，步步跟上，「我命令你說實話。」

「無可奉告。」

梅曦明詫異地揚起眉，「你、你說什麼？」

「無可奉告。」藍思禮回頭望向梅曦明。這種有人緊黏著發問、甩脫不掉的情景實在熟悉，「你是在進行記者體驗嗎？不瞞你說，我可以扮大明星扮得很逼真。」

「你給我停下來，好好坦白！」

「無可奉告！」他知道他激怒了總經理，但是重溫被記者死纏爛打的煩躁感也不錯，這提醒了自己，爲什麼暫時遠離原本的生活，是個不錯的變化。

三個人兩前一後趕到公司車邊，廖博元用遙控器開了門，鑽進駕駛座，藍思禮箭步向前，拉開後車門，流暢地滑進座位。梅曦明終於在車身幾步外停下腳步。

藍思禮吐出一口長氣，「開車。」

車沒動，廖博元的視線透過車內後照鏡，死死地瞪著他。

「入戲太深，不是故意的。」藍思禮一笑，起身換到了前座。

Chapter 09

藍思禮離開後，舒清和整日都沒有踏出屋子。

兩名家事服務員在午前出現，負責每天午、晚兩餐，以及打掃、洗衣等基本家事，晚餐備妥後便離開，當天若是另有什麼交代，都由木沐傳達。

舒清和只在吃飯時下樓。餐廳很美，有面向後院的大窗戶，望出去滿眼綠意，廳內播放著鋼琴曲，他坐在一張可供十人使用的長桌，優雅、孤獨地用餐。

其餘時間，舒清和都待在二樓。不同於一樓的廚房和待客用的大廳，二樓很明顯是專供藍思禮使用，每個空間的用途也區分得相當明確，睡眠、工作與娛樂並不混用。

舒清和住的是小公寓，從沒享受過這樣的餘裕。在他的公寓，能使用餐桌是最好的情況，其他像是客廳沙發、床鋪、床邊地板，甚至廚房流理台，都曾經是他的工作區。三不五時還得出外依賴咖啡廳或圖書館，以避開並不是那麼安靜的鄰居和同居人。

如今，他短暫住進這棟大房子，可以說是交換靈魂以來，他最享受的好處。

整層二樓，最醒目也最美的是一架黑色演奏鋼琴，四周沒有雜物，也沒有多餘裝飾，光線從上方與兩側窗戶灑落，將整架鋼琴籠罩在接近莊嚴的氛圍當中。

舒清和站得老遠，只用眼睛欣賞，同時默默祈禱，希望能趕在有人質疑他爲何不再彈琴之前，返回自己的身體。

鋼琴附近有間隔音室，裡面擺放的設備同樣令舒清和心生敬畏，連踏進去看個仔細的念頭都沒有。再經過放滿藍思禮歌手生涯各種紀念物的儲藏室，舒清和總算在隔音室的另一頭找到能夠放鬆的空間。

房內以木質裝潢爲主，色調溫暖，擺設了現代音響、復古唱片機，還有占滿兩大面牆的厚實書架，架上三分之一是CD和唱片。自進入數位時代，舒清和已經許久不曾一次見到這麼多的實體音樂出版品。

餘下的三分之二空間都是書，令人意外的是，其中包括不少萬萬不可的出版品。那些舒清和偷偷懷疑過到底都是誰在買、又賠了多少錢的冷門套書，不但在藍思禮的書架上一本不缺，有些還不只收藏一套，大明星的興趣和口袋果然深不可測。

在視聽設備環繞下，房間的中央有張皮面柔軟得像奶油的淺米色單人沙發，旁邊放了腳凳、邊桌，入座後很可能舒適到難以起身。

舒清和環顧四周，沒見到第二張座椅，這還眞是個容不下旁人存在的空間，他微笑著搖搖頭。

藍思禮的筆電孤零零地擱在一張彎得像香蕉的木桌上，相較於各種高檔影音設備，這款筆電普通得叫人驚訝，等級和舒清和自己的那一台差不多。

當天的多數時間，舒清和就待在筆電前埋首寫稿。幸好靈魂交換發生在有雲端科技的現在，他不必使用自己的裝置，也能繼續完成工作，再透過網路，輕鬆傳送給代他上班的藍思禮。

只要不去想樓下有人正在為他煮飯洗衣，不要觸發心中的不安，這樣的環境稱得上夢寐以求。

他的工作進度飛快，不時還能分點時間檢視通訊軟體。

藍思禮的聯絡人似乎多在午後才變得活躍，麗莎也傳來訊息，關心他的健康。

舒清和簡單回答，說自己一切都好。本來他還想放個貼圖增添氣氛，一看藍思禮的貼圖櫃，每套都跟大明星本人一樣嗆，實在用不下手。

此外，他還收到許多社交邀約，根據藍思禮的指示，不回覆就代表拒絕，如果是公司希望他參加的活動，麗莎會直接電話聯絡。真有那一天，再直接拒絕就好。

舒清和由衷希望不要有那一天，他對自己勇敢說不的能耐毫無信心。

在好奇心的驅使下，他滑動手機螢幕往前回溯，大約十次裡，能看到一、兩次藍思禮答應邀約，出席派對或晚宴之類的活動。大明星畢竟當紅又資深，個性再怎麼難搞，依然是受歡迎的搶手貴客。

有些群組在活動過後會分享照片，舒清和光看縮圖，就一陣面紅耳赤。這些藝人的心臟眞是大，就不怕有群組成員遺失手機，或者照片有一天像這樣落入八卦記者的手裡嗎？萬一不愼流出變成新聞，馬賽克都不知道該怎麼打，才能讓人看得懂。

荒唐的照片裡倒不見藍思禮的蹤影，不知道是因爲公司不同意、粉絲不喜歡，還是藍思禮本身不感興趣，或者以上皆是。十年來，藍思禮幾乎沒鬧過什麼嚴重的負面新聞，縱使偶爾有些惹人遐想的話題，最後都被證實是謠言。

據說藍思禮是在出道第二年時搬進這間萬歷名下的房產，當年的他年輕貌美且資歷淺，在私生活的部分，自然也引來不少注意。

哪一家媒體率先使用「金絲雀」這個稱呼已不可考，意思大概是指他歌聲美妙、身形纖細矮小、頭髮又是帶金的淺棕色，最初是個不帶惡意的暱稱。

豈料，後來有一家雜誌爲了搏銷量，硬是多加幾個字，變成「萬歷總裁的金絲雀」，搭配一篇捕風捉影的文章，暗指藍思禮得到的高規格待遇，背後隱含齷齪的意圖。

那家雜誌社的下場不太好，後來變成勸誡媒體新人的素材，有事沒事都不要招惹萬歷的法務部門。

舒清和工作認眞，晚餐後再度回到筆電面前，只剩最後一點潤飾，他就能完成手邊的採訪稿，扔上雲端給藍思禮。

他意外地在他和藍思禮共用的雲端中，發現一個被命名爲「羅宋湯」的新資料夾。點開一看，資料夾裡有許多照片、影片、錄音檔，以及藍思禮寫下的簡短文字紀錄。

舒清和大略瀏覽，發現藍思禮似乎放棄了公假，和廖伯出門埋伏，然後在一間他認不得的公寓門外，拍到羅松濤和一名……他湊近螢幕，放大照片，辨認出丁路亞的五官。

哇，他們拍到金牌製作人羅松濤和名模丁路亞，兩個熱門話題人物，分別進出同個公寓大門的曖昧照片？伍總編今晚大概連做夢都會笑出來。

舒清和曾經駐紮在羅製作的家門外好幾天，對那一帶相當熟悉，照片的拍攝地點絕對不是同一處。

他拿起手機，傳訊詢問，「你們怎麼找到這個地點？是你的圈內情報嗎？」

藍思禮的回覆竟然來得飛快，「今天好累，我要去睡了。」

快歸快，內容卻毫無用處。

幾秒鐘後，對方又補來另一則訊息，「你的總編有指示，要你快寫，快點寫！」

舒清和對著手機瞪大雙眼，他不是應該在放公假嗎？藍思禮到底幫他塑造了什麼可怕的工作狂形象？

一陣哀嘆過後，舒清和還是認命地開始做功課。

這則緋聞的兩位主角都是業界紅人，一天到晚製造話題，認爲有新聞就是好新聞，負面消息強過沒有消息，因此深受八卦記者喜愛。

寫這兩個人的好處是不愁沒資料參考，缺點則是需要看過的東西著實不少，還要算上今天新增的影音和照片。

舒清和用筆電叫出丁路亞的背景資料，讀得正入神時，端木敲了門進來，手上端著茶。

舒清和立刻停下所有動作，緊張兮兮地用雙眼追著「他的助理」，一面壓抑著從椅子上跳起來、把茶搶過來端的衝動。

這一整天，他茶來伸手，飯來張口，實在被伺候得好彆扭。

端木把白瓷杯放在桌面左側，舒清和稍微傾身去看，茶湯是金澄色的，淡淡花香隨著熱氣散逸，聞起來很舒服。

「麗莎的建議，據說對睡眠有幫助。」端木解釋道。

「好香。」

「我知道你寧可喝咖啡，但是時間太晚，如果你又——」端木停頓下來，狐疑地看他，「你剛剛說好香？」

舒清和點點頭，端起茶杯啜了一口，「眞的很香，謝謝你。」

端木只是皺起眉頭不說話。

舒清和在筆電上開了許多分頁，端木就站在座椅旁邊，視線不經意飄向螢幕。

畫面上是無數張丁路亞的宣傳照，丁路亞斜躺在壁爐前、丁路亞濕漉漉地趴在泳池畔、丁路亞在一片花海中露出夢幻迷濛的笑容……

注意到端木的視線方向，舒清和慌忙捉住滑鼠，迅速關掉那些分頁，「我、我沒有喜歡這一型的，我是在、是在……」

藍思禮有交代，遇到無法解釋的情況，有個可以無限次使用的絕招。

「我是在尋找新歌的靈感！」

他戰戰兢兢地瞥了端木一眼。對方的表情沒有明顯的變化，看不出是否相信，也可能端木根本不在乎他的靈感。他正這麼想，忽然聽見對方開口。

「找到靈感了嗎？」端木語氣平靜。

「就是……呃，我正在考慮……」他剛才關掉好幾個照片分頁，現在螢幕上是羅松濤和丁路亞前陣子出席新製作發表會的報導，編導和所有主要角色都在場，每個人都對著鏡頭微笑。

想到那兩人檯面下的眞正關係，舒清和隨口扯道：「兩個人在不對的時間相遇之類的……」之類的俗濫題材。他感到臉頰發熱。

「情歌?」

「因爲……情歌一向很受歡迎不是嗎?」

「嗯。」

話題好快又沉了下去,舒清和不知道該說什麼,兩手捧著茶杯,連喝幾口茶。這款茶的花香比茶味明顯,口感清淡微甜,和藍思禮的味蕾不太合,但他沒放下杯子,依然小口啜著。

「麗莎說她明天直接在攝影棚等我們。約定的時間是十一點,九點叫你起床可以嗎?」

舒清和抬起眼,呆呆看著對方,「明天?攝影棚?」

他的茫無頭緒似乎是藍思禮的正常反應,端木只是淡淡回答,「化妝品平面廣告拍攝。」

舒清和吃了一驚,手指緊緊捏住瓷杯,「你現在告訴我……」不會太遲嗎?

「太早?」端木蹙起眉,「你交代過,與音樂無關的事,到最後關頭再提醒你。我認爲現在是最晚的時間點,難道你還想要更晚?叫醒你的同時再告知你當天有工作?」

「不,不需要!」舒清和搖著手說:「我會訂鬧鐘自己起來,我從小到大都……」注意到端木揚起的眉毛，他及時改口，「都……都希望有朝一日能夠自行管理時間，不再麻煩別人。」

從端木的眼神和微彎的嘴角判斷，他大概一點都不相信。

「平常隨便你，工作日我還是會上來叫你。」

「用什麼方式？走到我的床邊，搖醒我嗎？」當他是舒清和的時候，睡眠總是深沉，要提早叫醒他，手段通常要粗魯點。

原本掛在端木的嘴角，那抹帶著戲謔的輕微笑意消失了。

「我會跟往常一樣，用力敲門，然後打開一條門縫，站在門口確認你已經醒來，絕不會靠近你的床鋪半步。」他的最後一句話說得特別用力。

「好的，謝謝，明天就麻煩你了，我保證你會看見已經完全清醒的我。」

端木嘆了口氣，搖搖頭，也不知道是針對哪一點。

「木沐。」

端木從門口回過頭來。

「明天……你知道是哪一家化妝品公司嗎？」

「安千緹。」

舒清和可以感覺到自己的心跳驟然加快。

高孟璟就是安千緹的公關部專員，之前曾聽他說，他負責了一個大案子，這個案子多麼重要，組員多麼忙碌。

現在回想起來，說不定就是藍思禮的代言案。

若眞的這麼巧，高孟璟會出現在廣告拍攝現場嗎？明天他們是不是就能見到面了呢？

Chapter 10

舒清和在吃早餐的時候打電話給藍思禮，提示了好幾個關鍵字，才讓對方想起廣告代言的存在。

藍思禮隨即顯得興高采烈，有人幫忙解決無趣的工作，真是再好不過。

「你不擔心我搞砸？」舒清和擔心得要命。

「怎麼搞砸，蓄意破壞攝影現場？違抗攝影師的指示，還是毆打工作人員？」逃掉工作的大明星笑得很開心，「如果你決定要搞砸，記得先通知一聲，讓我們獨家報導。」

「然後文章又是我寫？我才不要再增加工作量。」

「那就放輕鬆點，當作去玩，好好享受可能一輩子都不會再有的明星體驗。」

去玩？享受？沒有緊張到胃痛，舒清和就要謝天謝地了。

舒清和費盡心思將自己打理成大明星，準備出門時，端木已經發動轎車引擎，調好冷氣，在駕駛座靜靜等待。

舒清和想都沒想就坐進前座。

端木轉過頭來瞪他，「坐到後面去。」

「只有我們兩個人，分前後坐很彆扭。」

端木從駕駛座傾過身子，挨近他的同時露出森森白牙，「坐、到、後、面、去！」

舒清和再次推開車門，逃命似地鑽進後座。

說來奇怪，他的身體一沉進寬敞的後座皮椅，便張嘴打了個呵欠。

「繫上安全帶再睡。」

遵照端木的叮嚀，舒清和乖乖扣好安全帶。車子開始行進，右轉進車道，他又打了第二個呵欠，眼皮也變得沉重。

藍思禮一定經常在車裡休息，從他的身體反應就知道。舒清和也的確有些疲倦，昨晚他忙著研讀這份新工作的資料，犧牲掉不少睡眠時間。

安千緹砸大錢找藍思禮代言的，是一款名叫「銀河炫影」的睫毛膏，屬於「超未來」彩妝系列，和藍思禮正熱賣的專輯類似，都是科幻風格。大概正因爲如此，兩者才走到一起。

廣告的視覺設計和音樂皆會從專輯中取用，它還有個故事大綱，講述許久許久之後的未來，星際旅人藍思禮來到經歷過末日浩劫的地球，荒蕪的都市廢墟因爲他的降臨而產生奇蹟，生命復甦。全新一代的地球人不分男女，都畫著全套超未來彩妝，擁有如外星人般濃密捲翹的睫毛，他們將天外來客藍思禮當成神一般崇敬。

俗話說，隔行如隔山，舒清和與美妝界之間相隔的豈止是山，山後還有一片汪洋大海，海面駐守著整支艦隊——因爲他眞的找不到睫毛膏和末日外星人之間的關聯。

然後他又驚又怕地發現，平面廣告拍攝只是代言合約的第一個項目，或許還是最輕鬆的部分，接下來還要拍動態影片，以及出席與消費者面對面的現場活動。

從手機留下的對話紀錄看來，這已經是藍思禮耍任性，逼著麗莎和廠商討價還價後，得來的最低要求。

老天保佑他在現場活動之前回到自己的身體！

睡前他還花了點時間在鏡子前練習，直到再不上床就糟糕了爲止，而那時夜已深沉。

他把鬧鐘訂在端木來叫他的半小時前，而這三十分鐘全都奉獻給隱形眼鏡。

端木開門時，他終於成功戴上隱形眼鏡，雙眼因爲奮戰太久而明顯發紅，似乎嚇了對方一跳。

綜合以上種種狀況，最後他一路睡到攝影棚，也就是理所當然的事了。

下了車，謝過幫忙開車門的端木，舒清和伸手揉了揉剛睡醒的雙眼，又胡亂擔心了一下戴隱形眼鏡的眼睛會不會因此瞎掉。

大門口有人前來迎接，是個猶帶學生氣息的大男孩，他的聲音宏亮，笑容朝氣滿滿。根據舒清和臨時死背硬記的人事資料，大男孩是麗莎助理團隊中的小敦。

小敦接手將車開往停車場，像個俐落的泊車小弟。

舒清和目送著車尾從轉角消失，再回頭，端木單手撐著攝影棚大門，用眼神催促。

舒清和拖著不情願的腳步跨進門內，冷氣和人聲一瞬間湧了過來，又在看見他和端木出現的時候，陸續變得安靜。彷彿有什麼開關被觸動，一個個都屏氣凝神，露出敬畏的表情。

身爲記者，舒清和對人多的場合並不感到陌生，他不習慣的是，所有的視線焦點都在自己身上。他不過是個菜菜的八卦記者、無名小卒和僞裝的明星。

他在門邊停頓片刻，緊張的心情幾乎要壓抑不住，要不是端木在身後關上門，他搞不好就轉身逃跑了。

端木顯然不是第一次來，領著路走在通道前方。

四周的問候聲此起彼落，舒清和半張臉孔都不認識，只能微笑回應。他接觸到的視線，多數都算得上友善，有些人的笑容甚至帶著討好的意味，只有一小部分的人，目光讓他心生畏懼，忍不住往端木的方向挨近。

半途有個中年人氣喘吁吁地加入他們，那人陪著笑，對於沒有及時在門口迎接不斷致歉。

舒清和聽得出言外之意是沒料到他們會這麼準時，早上端木開門看到他時，也給了他相似的表情。

他覷了端木一眼，懷疑對方故意跟他約了比較早的時間。

端木若無其事地回望他，一張撲克臉沒有洩漏出半點端倪。

大明星有專屬的房間，並不和其他模特兒共用梳妝室。

休息室的布置簡單，但很寬敞，一邊的牆壁鑲著好幾面方鏡，外框圍著十幾顆圓圓白白的燈泡，最爲搶眼。沙發區有兩張圓桌，上頭堆滿食物，還有一台膠囊咖啡機。沙發後方是更衣室，門前垂著長布簾。

一名年輕人拿著掛燙機從更衣室鑽出來，看到舒清和時，表情一怔，微微紅了臉頰。

麗莎也在場，她正和三名西裝筆挺的男女交談，四個人聽見開門聲，同時轉頭過來，其中一名西裝男子便是高孟璟。

舒清和忽然覺得無法動彈，他的視線遇上高孟璟，對方的俊臉笑了開來，燦爛得好陌生。

明明是同居半年的男友，衣著打扮都是熟悉的，五官也是天天看，舒清和卻揮不掉心中的怪異感受，搞不清楚高孟璟身上的那份陌生從何而來。

他的腦袋還打著結，眼睛看見麗莎動著嘴巴，卻沒聽清楚內容。等他從自己的思緒回神時，已經換成高孟璟在說話，說他們精挑細選了多種點心，全是藍先生喜愛的口味。

男友的眼神殷切，說著希望他喜歡。

希望他喜歡……舒清和記不得對方什麼時候曾經這樣向他獻殷勤，搞不好從來沒有過。

他終於發現感覺怪異與陌生的原因，高孟璟看著他的明星軀殼，彷彿他是世間至寶，天底下沒有任何事比獲得他的肯定更重要。那種強烈的渴望，是他在身爲男友的時候得不到的。

儘管心中酸楚，舒清和對高孟璟仍有感情，仍然希望對方職業生涯的第一件大案子順利成功。於是他以藍思禮的身分表達謝意，稱讚對方的用心，以及安千緹的企畫迷人有趣。

他說的全是中規中矩的客套話，高孟璟卻欣喜萬分，像一把鹽巴撒在舒清和的傷口上。他猜想自己大概是個不及格的男友，所以高孟璟工作的時候比在家裡開心，以往他發自肺腑的甜言愛語，分量不及陌生大明星的一句淡淡嘉勉。

安千緹的人離開後，接下來的準備流程在舒清和的記憶裡都很模糊，沒留下太多印象。情傷造成的低落情緒跟著他更衣、梳妝，最後一起進了攝影棚，來到鏡頭前、燈光下。

棚內設置了大片綠幕背景，前景有幾截斷垣殘壁和沙土，外觀逼真，伸手碰觸才知道是用保麗龍製作而成，就像舒清和此刻的人生，都是假的。

攝影師是業界大牌，也是藍思禮合作多年的老伙伴，在藍思禮面前並不擺什麼架子。他通常叫他思禮，偶爾是小藍，更開玩笑一點會喊「我的天王」，用來代替「我的老天爺」。

攝影師還深知大明星對拍廣告興趣缺缺，爲此拿出了極佳的耐性，一步步慢慢引導對方進入狀況。

這樣的耐性與熱情，稍微驅散了舒清和心裡的烏雲，接收到指示都乖乖照做。他一向溫順好相處，現在又頂著一張俊美時尚的臉蛋，多少抵消了些外行人面對鏡頭時的僵硬感，拍攝過程折衷來說不算是災難。

沒想到，接著舒清和就看見高孟璟了，他在棚內靠外的角落倚著牆站，貼得離他很近的另一個男人是他的同事，經常出沒在高孟璟的臉書，舒清和也看過幾次。那兩人不時咬著耳朵說話，狀極親密，甚至有一、兩次，高孟璟的手出現在同事腰部以下的位置。

那個自和舒清和交往以來就堅持不公開關係的男人，現在竟做著完全相反的事。

既然已經分手，舒清和自知沒立場介意前男友的舉動。對方才過兩、三天就找到下一段戀情，也不關他的事，他不應該難過。可是感覺沒有開關，無法說停就停，他的一顆心依舊不受理智管轄，自顧自地往下沉……

這種沮喪消沉的狀態，理當不適合爲化妝品代言。但是舒清和的運氣不錯，他的廣告角色在設定上已經在星際間流浪數十年，看破了一切，超脫於萬物之上，輔以厲害的攝影構圖與光線，在一般人的眼裡看來，和失去靈魂地行屍走肉也相去不遠。

遺憾的是，攝影大師的眼力當然高於一般人，舒清和隱約感覺到，對方的滿口稱讚，只是不得已的鼓勵。

第一天的平面拍攝，就在舒清和暗自抱持著對全體工作人員的歉意中結束。回家路上，他累得放棄掙扎，直接昏睡到底，到家之後，又在鏡子前努力檢討，改進自己。

稍晚端木帶著助眠茶上樓時，他正在擠眉弄眼地練習表情，瞥見有人，急急忙忙放下鏡子，臉色尷尬。

「這是麗莎交代的。」除了熱茶，端木還拿出一盒面膜擱在桌上，「敷完立刻睡覺，明天要拍特寫，不要太爲難後製人員。」

眞是一語驚醒夢中人，舒清和這才警覺，自己不能再用以往習慣的模式拚命，現在的他需要照顧外表，尤其是易受影響的皮膚。

「我看起來很糟嗎？」他立刻又拿起鏡子看。

「省點力氣，別問我。」

咦，什麼意思？舒清和愕然抬起頭，端木已經離開，只聽見聲音從門外傳進來，「明天同一時間，我再來叫你。」

「到底什麼意思，怪裡怪氣的……」

隔日一早，體驗人生初次敷臉，並盡力睡足九小時的舒清和，剛進浴室，就被鏡中的完美臉蛋驚豔到了。

不知道該歸功於面膜的神效，還是藍思禮的天生麗質，水嫩透亮的肌膚原來真的存在！

舒清和自認相貌平凡，打理外表的準則是清爽乾淨、簡單方便，從未像這般在鏡前癡癡凝望，手掌忍不住放到臉頰上，小心地摸了好幾回。

擁有這種天神等級的零死角美貌，拍攝特寫的成功率，不是一百也有八、九十吧？他的自信大幅提升，在攝影棚前下車時，顯得神清氣爽、鬥志滿滿，連端木微帶揶揄的眼神也打擊不了他——但是高孟璟可以。

休息室外，舒清和一見到等著向大明星請安的兩個人，鬥志一下子捲起尾巴，溜得無影無蹤。

「藍先生，兩位早！」

高孟璟和他的同事跟著進了休息室，帶著諂媚的笑，向大明星介紹今日準備的美食點心，送上作爲小禮物的公司產品。

他們停留了十分鐘左右，每分鐘對舒清和來說，都像一小時那麼久。

舒清和第二天的拍攝稍有進步，沒有比昨天糟糕。攝影師仍舊對大明星充滿耐性，指示與稱讚夾雜，偶爾轉換語氣，怒吼助理。

舒清和對那些明顯已經盡力的助理們感到十分過意不去，因此對他們加倍客氣。平常的藍思禮當然沒這麼好相處，有時會引來幾道狐疑的目光。不過，正如藍思禮的預料，大家的結論都是謝天謝地，沒想過哪裡不對勁。

結束工作回到家，舒清和身心俱疲，簡單用了餐，梳洗過後，他不需要端木提醒，便拿出面膜認眞保養，準備早早就寢。

「你怎麼了？」

「呃，我在爲明天做準備？」舒清和呆呆望著寢室門邊的端木，不明白對方爲何有此一問。

「有人讓你心煩，你爲什麼不像以前一樣，直接趕走對方？」

他、他是在說高孟璟？

「我……沒有覺得心煩……」

「沒有？」

端木聲色俱厲，舒清和心驚膽戰，不敢繼續否認，吞吞吐吐地說：「我不想搞壞工作氣氛，更何況，又沒有人做錯任何事。」

「隨便你。」端木長嘆一聲，沒再追問下去。

第三天，舒清和照例一路睡到目的地，被叫醒時，體感上覺得車程似乎比前兩天短得多。

舒清和懷疑端木刻意開快車搶時間，但是他不敢問，他在車上睡得死沉，哪有資格表示意見。而且他其實並不介意，獨自在空蕩的房間裡靜心放鬆，比多數人都早到的感覺滿好的。

沒多久，麗莎和造型師一起出現。舒清和還有點害怕這位王牌經紀人，急忙坐直身子。

「嘿，你到得眞早！我拿到幾張前兩天拍的毛片，看不看？」

麗莎問歸問，卻沒有要聽回答的意思，單手滑開螢幕，把平板湊到他的鼻前。

舒清和避無可避，只能強裝鎭定，抬眼往螢幕看去。

這一看，他的一顆心緩緩落回了原處。

照片不是曠世傑作，但也絕對沒有他胡亂想像中的差勁，這還只是毛片而已。

「好像還不錯？」

「大師都和我們合作那麼久了，閉著眼睛都能把你拍得又俊又美。」麗莎倒了杯咖啡，笑著在舒清和身旁坐下。

舒清和詢問，「妳知道木沐在哪裡嗎？」

「他在外面和安千緹的專員確認下一個階段的工作細節，雖然之前已經討論過幾次，他大概是不放心。你要找他嗎？」

「不用，我只是問問，這樣很好。」最好談得久一點，久到高孟璟沒空來獻殷勤，舒清和在心裡偷偷許願。

結果他的願望竟然實現了！前男友到開工之前都不見蹤影，他的壓力減輕，加上終於適應了鏡頭和燈光，第三天的拍攝順利得叫人不敢相信。

「太出色了，那種憂鬱虛無的眼神，太美妙了，完全符合我們的需求！」攝影師的稱讚也更加眞誠奔放，「我就知道小藍一定沒問題！來，臉再往右邊側一點、再一點……好、非常好，太完美了！不愧是我的天王巨星，實在太太太……我太缺乏形容詞了，眞的！」

「拍得還可以嗎？」舒清和利用空檔鼓起勇氣詢問。

攝影師呵呵笑，「眞愛說笑，我都不知道怎樣才能把你拍得不可以。」他招招手，要舒清和來看電腦螢幕。

負責操作電腦的是個戴眼鏡的青年，螢幕上都是剛才拍攝的照片，背景卻不再是一片綠，而是壯觀的特效畫面。攝影師沒有誇大，他的空虛低迷眞的和末日廢墟搭配得很巧妙。

青年一面解釋，說這些只是粗略的展示，也一面放上商品圖像。睫毛膏的瓶身和握柄是絢麗的霧銀色，乍看像一把造型奇特的雷射武器，照片合成的效果非常酷炫，很襯「銀河炫影」這個名稱，也的確抓得住觀看者的目光。

舒清和卻滿腦子都在想，這張科幻電影風格的海報，到底跟化妝品有什麼關聯？當然他不敢眞的開口問，因爲一起觀看螢幕的每個人都讚不絕口，大概廠商就是想走猜猜看我們賣什麼的懸疑路線吧！

到了換棚的半小時休息時間，舒清和才無意間瞥見高孟璟的身影，對方正要離開拍攝區。

猶豫片刻，舒清和悄悄地往高孟璟離開的方向走。老實說，他不確定自己在期待什麼，和前男友見到面能說些什麼，他就是單純想要私下會面交談，說不定，對方能認出自己？

「你要去哪裡？」端木無聲無息出現在他身後。

舒清和嚇了一跳，正慌忙尋找藉口，前方傳來了高孟璟的聲音。

「晚餐要不要吃泰國菜？吃完回家正好順路。」

舒清和與端木都停下了腳步，前面似乎是間儲藏室，門扉半掩，聽得見裡頭另一個男人的輕笑聲。

「厚臉皮，這麼快就把我的地方當成家，不去挽回你的男朋友嗎？」

「幹嘛挽回？就是個過渡而已，又沒有多認眞。」高孟璟的回應裡也有笑意，「他主動提分手也好，省掉我許多麻煩。」

「話都你在說，既然沒有認眞，爲什麼一直不分手？」

「分手就要另外找房子，我哪來的閒工夫？之前你又不肯讓我過夜。」

「誰要讓你過夜，我可不想當第三者。」

「哦，嘴巴說不想……」

門裡響起隱約的衣物摩擦聲，以及男人的低笑，「別鬧，你不是要負責拍大明星的馬屁嗎？還不快點去！」

「不急，跟大明星打交道超累，收工之後再去就好了。」

「你有沒有覺得藍思禮跟你說話的態度怪怪的？」

「可能因爲我長得帥，太讓他分心。」高孟璟接著又說。

他的同事噗哧一聲笑罵出來，高孟璟也笑了，兩人一陣嘻嘻哈哈，聲音越來越曖昧。

舒清和後悔極了，他希望自己從沒跟來這裡，從沒聽見半個字，可是現在轉身走開的話，他很難跟端木解釋。

於是他直接往前走，一路不停，經過辦公室，推開了安全門。

端木並不阻止，只是緊緊跟著，「你要去哪裡？」

「我……」舒清和轉動視線，捕捉到對面街角的小攤子，「我們開車過來的時候，有看到街角賣雞蛋糕的攤子，我想吃吃看。」

雞蛋糕的攤主是個老婆婆，她抬眼見到一身白色科幻風勁裝的舒清和，以及跟在他身後，酷得像魔鬼終結者的高壯保鑣，在認出是大明星光顧之前，先狠狠受到了一番驚嚇。

生意終究是生意，老婆婆戰戰兢兢賣給舒清和一袋三十元的雞蛋糕。

星際旅人的打扮很帥氣，就是沒有口袋，即使有，大概也掏不出地球貨幣。舒清和一陣尷尬之後，仰頭向端木求救，「能不能先借我——」

沒等他說完，端木已經掏錢結帳，不只買了舒清和的份，還多買了幾十顆，一口氣掃空檯面的現成品，老婆婆必須加做兩批才湊得齊數量。

意識到端木的用意，舒清和心中很是慚愧，以藍思禮的地位，絕不能小氣巴拉自己買自己吃，他竟然忘了。

舒清和拿著自己的紙袋，端木提著兩個塑膠袋，滿載著雞蛋糕，他們又回到攝影棚。舒清和停留在安全門邊，先和端木分享，接著自己也吃起來。

他是個很享受吃東西的人，日常生活最占分量的三件事，就是工作、男友和美食。

現在這些事物都不是原本的面貌了，陌生的工作、分手的男友、食量還雪上加霜地大幅下降……舒清和看著只咬一口的第二顆雞蛋糕，內心悲傷，他竟然吃不到兩顆就快飽了！

「不好吃嗎？」端木蹙眉看他。

「很好吃。」

表情看起來不像好吃。端木猶豫片刻，換了個方向尋找原因，「那個安千緹的專員，你們認識？在出道以前？」

舒清和忽然懶得編造藉口，便點點頭承認。

「早上你是不是故意絆住他們，好讓我不被打擾？」

「無論我怎麼做，還是阻止不了你自己跑來找罪受。」

「我已經後悔了。」舒清和不好意思地垂下視線，「謝謝你，爲我著想。」

端木聽見他道謝，反而皺起眉頭，「我是爲你的工作著想。」

舒清和實在覺得困擾，藍思禮已經禁止他道歉，現在連道謝也不合作風了嗎？端木如果起疑，下一步會怎麼做呢？找精神科醫生、警察，還是驅魔師？他心中憂慮，嘴裡嚼著半塊雞蛋糕，食不知味。

「你眞的喜歡吃這個？」端木把話題轉回食物上。

舒清和用力點頭。

「想不想讓攤子的生意更好？」

他再度點頭，心裡湧起一股好奇。

於是端木要他站到窗邊，窗框裡有部分的街道和外牆上的攝影棚標誌。舒清和手抓紙袋，嘴裡咬著半顆雞蛋糕，茫然望著端木。

「別看我，看右邊。」

右邊有什麼？舒清和依言移動視線，接著便聽見手機的快門聲響了兩次。他回過頭，端木正低頭在手機上打字。

「喔！你要在IG貼文嗎？」的確是有效的宣傳方法！舒清和想看看對方拍出來的成果，礙於身高不夠，沒多想便攀住端木的臂膀，踮起腳尖靠了上去。

端木微微吃驚，立刻抬高手肘，「工作結束，離開攝影棚之後才會發布。到那時候，」他左閃右躲，想甩掉舒清和，「你可以用自己的手機看！」

舒清和並不鬆手，想要現在先看，和端木在安全門邊拉拉扯扯。

「你們為什麼不在休息室？」

猛然煞住動作，兩個人都轉過頭，而麗莎就在不遠處，瞪著雙眼看他們胡鬧。

端木收起手機，舒清和也不好意思地鬆開手，退開兩步。

「我們只是出去買東西。」舒清和立刻把紙袋塞進麗莎手裡，嘗試用食物賠罪。

麗莎顯得很意外，「你想買東西，怎麼不找個人跑腿就好？」說著低頭往紙袋裡瞧，「雞蛋糕？休息室裡的整桌食物你都不喜歡嗎？」

「我是……是爲了創作……」舒清和說得心虛，深怕絕招用得太頻繁會失效。

麗莎的態度卻眞的和緩了，「你有靈感了？這次是什麼主題？」

端木竟然搶先回答，「關於在不對的時間相遇的愛情悲劇。」

舒清和難以置信地瞪著他。

麗莎揚起眉毛，「相遇，和雞蛋糕嗎？」

「雞蛋糕是……是……定情物！」不得已，舒清和只好開始胡說八道，「主角是個擺攤賣雞蛋糕的落魄青年，女主角是他的第一個、也是最忠實的顧客。他們藉由這個……呃，買賣行爲，傳遞著無言的愛慕！」他用餘光瞥向端木，發現對方正咬著嘴唇，閃避他的視線。

「不對的時間呢？」麗莎問。

「那個，還、還沒想到……」

「我猜他們每次想要表白，恰巧都遇到警察取締攤販，時間很不對，MV可以收尾在主角推著攤車，落荒而逃的背影。」端木又代替他解釋。

看著對方那張太過一本正經的臉，舒清和過了半晌才驚道：「你、你在消遣我！」

端木勾動唇角，竟然並不否認。

麗莎笑道：「反正你唱什麼都會熱賣，用在地美食作爲專輯主題也不錯啊。對了，第二首主打可以選我喜歡的地瓜球嗎？木沐你呢，愛吃什麼？」

「胡椒餅。」

「我也喜歡胡椒餅！」舒清和的眼睛終於又有亮光，他好喜歡談論美食！「我知道有一家胡椒餅很好吃，就開在我……我認識的某個朋友的公寓附近……」他差點說漏嘴。

「什麼某個朋友，不是我愛挑剔，你給的資訊也太模糊。」端木說道。

他們一路閒聊著回到休息室，造型師立刻爲舒清和梳妝，麗莎的助理幫忙發送雞蛋糕。有點心可吃，每個人都很高興。

Chapter 11

在回家的車上，舒清和如願看到端木的預約發文。

藍思禮的皮囊眞是上相，他記得端木按下快門時，自己明明一臉呆滯腦袋空空，卻都在照片裡化成了慵懶之美。

照片下方是短短一行字——工作中的體力補充♡超級好吃的雞蛋糕。

句子中間還有愛心符號裝飾，要不是親眼所見，舒清和大概無法相信，這則貼文是出自外表那麼嚴肅的端木手裡。

粉絲的熱烈反應則是在預期之中，點讚和回覆的數字如飛般不斷攀升。很快就有人根據照片線索推敲出地點，好幾個住附近的粉絲已經趕去光顧攤子，吃過的每個人也都大讚美味。

舒清和開心極了，他喜歡美食、喜歡分享美食資訊，更喜歡見到美味的店家生意興隆。他笑盈盈抬頭，在後照鏡裡遇上端木的視線，對方很快轉開了目光，望向前方無聊的紅色號誌燈。

舒清和也跟著垂下視線，臉頰莫名其妙地發熱。

晚飯過後，舒清和立刻回到電腦前處理另一份工作，接下來的拍攝要到下週才開始，他必須趁這幾天空檔完成報導，趕上截稿日。

在那之前，他不忘先打開臉書。

暫時不能打電話或回家探親，至少要認眞幫老爸、老媽的貼文按讚。

舒清和是個乖兒子，他來自一個溫暖的家庭，家人是他人生的一大支柱，他們之間幾乎算得上無話不談。

因此他在察覺自己的性傾向與多數人不同時，心中並沒有太多顧慮，很快便告知了家人。家人們沒有令舒清和失望，都表達了全心全意的支持，年邁的祖母也在花了點時間理解之後，表示只要孫子將來的對象好，那就很好。

後來他年紀漸長，認識越來越多同志朋友，才更深刻體認到自己的幸運，這樣的家庭不是隨處都有。

家人支持他的性傾向，當然也支持他的戀情，半年來頻繁催促著，要他把同居男友帶回來和大家認識。舒清和口頭敷衍，每次回家就搬出一個新藉口，就是沒膽詢問高孟璟的意願，因爲他知道自己百分之百會被拒絕。

唉，沒事害自己又想起前男友，把雞蛋糕營造出的好心情都耗光了。

舒清和的電腦螢幕仍停留在臉書頁面，右上角有幾個新通知，其中一則是高孟璟被標註的打卡貼文。

自己竟然還沒被封鎖刪除嗎？好奇點開一看，是一則晚餐的打卡，吃的果然是泰國菜，裡頭有食物的照片，也有高孟璟和同事兩人的自拍合照。

以前他們外出約會，高孟璟總是再三叮嚀不要標註他、要低調，現在看來，不是不能標註，而是不能被「舒清和」標註。

心頭的鬱悶達到某種界限，獨自憋下去實在太難受，他打開電腦版的通訊軟體，以舒清和的身分登入。

介面開啓後，他刻意迴避工作群組，一眼都不敢看。那是他和藍思禮的約定，有事直接聯絡，窺看工作群組的內容，只會引發無謂的焦慮，他很認同這個做法。

避開工作，他點選的是摯友們所在的群組，成員是三名大學時期的系上同學、郭可盼和她的丈夫，他也是大學時的學長，加上舒清和一共六個人。這個六人群組從學生時代就存在，出了社會依舊擔負著維繫情誼的重責大任。

他不拐彎抹角，直接在群組宣布他和高孟璟的分手消息。

無論是否在忙，三分鐘內每個人都上線出聲，七嘴八舌提供安慰。雖然大家都盡力以他的感受爲重，小心不加深傷害，但是他察覺得出來，所有人都慶幸這段關係終於結束，甚至認爲分手來得太晚。

人人都看得出問題，包括那個初見面的藍思禮，就他一個笨蛋，傻傻經營著沒有第二個人在乎的感情，他從沒感覺自己這麼蠢過。

於是他盡情宣洩，藉由文字吐出胸口的悶氣。他的心情低落，思緒又亂，想到什麼就說，卻沒有幾句高孟璟的壞話，多數都在自我檢討。

「或許我不適合談戀愛，一個人過日子是不是比較好？」他對著螢幕嘆氣，爲這幾年來的連續失敗做了結論。

稍微認識舒清和的人都知道，他嚮往愛情，一點都不喜歡孤單一個人生活，忽然發出這麼心灰意冷的感嘆，看起來就像警示燈在閃爍。

郭可盼的打字速度最快，「你在家對不對？撐著點，我們馬上過去。」

什麼？舒清和愣了一下，還沒決定該如何回應，學姊的提議已經獲得其他人的贊同，群組裡開始討論誰買啤酒、誰需要搭個便車。

不、不不不！舒清和在慌亂中敲擊鍵盤，「我很好，用網路聊就夠了，不必見面也沒關係。」畢竟見到了也不是眞正的我啊！

「當然要見面，不然怎麼把我的肩膀借給你哭泣？」

「明天早上我不必進辦公室，可以陪你喝到天亮。」

「眞、眞的不需要！」他焦急到連打字也結巴。

他的拒絕毫無效果，大概要怪他平常爲人太好，現在無論怎麼推辭，朋友們都認定他在客氣，不好意思給別人添麻煩。

舒清和望著視窗發呆，群組裡不知不覺只剩兩名住外縣市的同學，其他人已經各自準備出發到他的公寓，提供可貴的友情，給那個目前還沒有半點頭緒的大明星藍思禮……

他眞的好感動，也好害怕啊！

Chapter 12

藍思禮躺在沙發上，悠閒享受飯後的冰淇淋。透過筆電喇叭，慵懶的鋼琴聲流瀉一室，效果雖不能跟他擁有的音響相比，卻也聊勝於無。

他枕著靠墊，仰望天花板的簡約吊燈，對微亂的客廳視若無睹，除了第一晚產生的雜亂，沙發旁還多了許多紙盒與紙袋，都是他這兩天血拚的成果。購物很過癮，使用時也愉快，就是收拾整理讓人提不起勁。

今天的工作不比昨天有趣，老伯和他開車跟蹤了目標好幾個小時，但目標很謹慎，最後沒有去任何值得報導的地點。

受困在車內大半天，他只學到一件事，老伯根本不叫老伯，而是叫廖伯。可惜對方糾正他的時間有點晚，他已經叫得習慣，儘管有意改正，三次裡還是會叫錯兩次。

後來他們回到辦公室，接著面對的是迫近的出刊日，編輯部的每個人都忙翻天，言語與目光滿是殺氣。幸好小記者平時的表現無懈可擊，編輯問起進度，藍思禮隨口回說一切順利，對方便點點頭，甚是滿意。

另一名同期就慘烈得很多，不但時時被逼問進度，還要提出具體證明才有人信。

小記者的報導進度應該眞的很順利吧？藍思禮正考慮發個訊息表達關切時，電話便響了。

「不好了，我的朋友現在要過去安慰你！」

小記者劈頭就丟來沒頭沒尾、莫名其妙的一句話。

藍思禮問清楚來龍去脈，也驚詫地從沙發一骨碌坐起，放在肚皮上的冰淇淋桶險些滾下來。

「所以我才說，不要去碰你以前的群組！」

「他們是朋友，不是工作群組，分手後向朋友尋求安慰，沒有很過分吧？」舒清和的聲音透著輕微的委屈。

「爲什麼？我給你的安慰不夠嗎？」

「你……安慰過我？」

「上次見面的時候，我說了，你的前男友是一坨垃圾。」

什麼？那才不算安慰！舒清和在內心反駁。

「所謂的安慰是、是具備讓對方心情變好的意圖才叫做安慰。」

「我認眞安慰過，對方仍然心情不好，那叫做對方難搞。」

舒清和倒抽了口氣，一時語塞。他被藍思禮說難搞？這是什麼神奇的成就嗎？

「算、算了，現在不是閒扯的時候，」他趕緊轉回正題，「你先打開群組相簿，我幫你做個簡單介紹——」

「現在逃去住飯店，不要見面不是更好？」

「拜託別走！」小記者又發出如老鼠般的驚慌吱聲，藍思禮忍不住對手機蹙起眉頭。

「他們都是非常難得的好朋友，對我很重要！拜託別讓他們的心意落空，你可以……喝幾杯、聊幾句就倒頭睡覺，不會花掉太多時間！」如果能鑽出手機，拖住藍思禮的大腿，他眞的會這麼做！

對照舒清和的激動，藍思禮好一會兒沒有作聲。

「拜託你、拜託拜託！」

終於，藍思禮痛苦地嘆了口長氣，「你得爲這件事付出代價……」舒清和差點發出歡呼，「沒問題，任何事都可以！」

講完電話，舒清和往後倒進椅中，焦慮與緊張從身體慢慢散去的同時，彷彿也帶走了精力。他需要來杯咖啡，補充一點能量。

樓下不見端木的蹤影，反而是先前在攝影棚幫忙泊車的助理小敦，坐在靠近大門與樓梯的位置。

對了，藍思禮告訴過他，每週有一天，端木會離開屋子，休假二十四小時，每一次麗莎都會另外派助理過來，暫代端木的職務。

小敦在攝影工作結束後跟著他們一起回來，是個活力充沛的年輕人，看見藍思禮出現，立刻放下手中的平板，站起身來，畢恭畢敬道：「請問您有什麼需要嗎？」

麗莎和端木的態度可沒有那麼恭敬，舒清和不禁有些尷尬，「只是想喝杯咖啡……」

「咖啡嗎？馬上來！」

年輕人被教得很好，知道該煮哪一種咖啡，也知道器具擺放的位置。舒清和讓對方去忙，自己則在廚房的吧檯等待。

雖說房子裝有保全系統，安全無虞，但屋裡沒有端木感覺總是有些怪。他想起麗莎，在離開攝影棚時，她問過端木晚上有什麼計畫？端木的回答是，和表哥Chris有約。

真好哪！端木有親人陪伴，學姊他們跑去找藍思禮，看樣子自己只能和眼前這位幾乎陌生的年輕人做朋友了。

懷抱著希望，舒清和在小敦端咖啡過來時親切微笑，效果適得其反，年輕人的臉色一陣紅，又一陣白，只差沒有倒退數步，落荒而逃。

好吧，壞主意……舒清和發出無聲的哀號，手裡拿著他的咖啡，認命回樓上加班寫他的報導。

✦

六人群組裡，兩位外縣市成員不克參與，出現在公寓門口的是郭可盼夫婦，以及手機聯絡人名稱叫「大新」的男同學。

藍思禮向來注重外貌形象，接到小記者的通知後，便去沐浴換衣，因此在開門時，已是打扮過的模樣。

朋友們都是第一次見到住著藍思禮靈魂的舒清和，看他連在家中療養情傷也衣著整齊，甚至比平常要亮眼，都一致感到驚訝。

「你、你搞得這麼帥，是要出門嗎？」

沒等他回答，眾人看見客廳，又是一陣吃驚，「怎麼回事，颱風過境你家客廳嗎？」

隨著其他人的視線，藍思禮也回過頭看。驅趕高孟璟所造成的一片狼藉至今都沒清理，破損的家具殘骸、倒翻的各種雜物，全都亂在原處。

不怪他們詫異，颱風過境的確是貼切的形容。

大新同學走進來，順手扶正金屬邊桌，把帶來的啤酒擺了上去。郭可盼幫忙清了幾個座位，學長拍拍藍思禮的肩膀，逕自到廚房拿杯子和冰塊。

沒有人詢問他需不需要幫忙，或是東西放在哪裡，他們和小記者的確是很熟的朋友。

藍思禮關上大門，聳聳肩道：「因爲是分手現場，才會那麼亂。」

郭可盼本來在處理碎玻璃，一聽便停下來，「你有沒有怎麼樣？那個混蛋有弄傷你嗎？」

「沒有，我拿球棒把他趕出去，這些……」藍思禮微微一笑，伸手朝混亂的區域比劃了一下，「算是附帶損害。」

「球、球棒？趕出去？我有沒有聽錯？」

「天啊！小和還沒喝酒就在說醉話！」

他的簡短解釋引起了騷動，所有人都在懷疑與好奇之間搖擺。小和不會撒這種奇怪的謊，也不愛說大話，更不走暴力路線，眾人都不知該怎麼理清整件事。

針對這些人的誇張反應，藍思禮翻了個白眼。他開始詳細重述整件事，從買牛奶的訊息，說到分手後的隔天早上高孟璟出現，拿了個人物品離開，大家才都信了。

「你早該那麼做了！」大新同學大聲稱讚，一面熱烈鼓掌，「說眞的，一開始你就不該跟那傢伙交往，同居更是大錯特錯。我一直都覺得，他只是貪圖便利，根本就沒眞心喜歡過——」

大新嘴快，看到郭可盼的眼色，才驚覺自己說得太過頭，趕緊閉上嘴巴。

三個好朋友都很緊張，正要說點什麼沖淡大新的話，卻見正遭受情傷的當事人點著頭，好像很同意那些評語。

「我知道……我是說，現在知道了。以前的我眞是蠢得無藥可救，腦袋裡裝的都是雞蛋糕的內餡。」對，他有看IG，小記者的小腦袋瓜裡，眞的都是食物，「眼瞎是我活該，現在已經充分學到教訓，往後不會再亂撿垃圾回家了。」

所以，安慰大會可以終止，大家解散，回家睡覺吧！

學長憂心地望著他，「誰都有看走眼的時候，不要那麼苛責自己。」

「至少那傢伙眞的算帥，被帥哥迷惑很正常啦！下次找個裡外都帥氣的男人，我會幫你的。」郭可盼微笑著朝他遞來裝滿啤酒和冰塊的馬克杯。

小記者的朋友的確不壞，藍思禮看得出他們的關心都很眞摰，連客廳的雜亂都幫忙收拾了不少，是意料之外的一大收穫。

即使缺乏戀愛運，小記者的人生也不算眞的很糟糕。

藍思禮看著手裡的酒，猶豫了一會兒。他原本的身體毫無酒量可言，就算眞要喝也不會選啤酒，不過他倒有點好奇小記者能喝多少。

他淺淺啜了兩口酒，滋味意外不差，接著又咕嚕嚕喝下半杯，竟有一種沒體驗過的爽快感。

「來，把傷心煩惱都喝掉，」大新同學擠到他身邊，碰了碰杯子，勸道：「還有什麼不開心的，都說出來，我們全都站在你這一邊。」

事實上，藍思禮此刻的感受和不開心正好相反，「你們知道嗎？我不想花時間談論分手的事，擺脫那傢伙應該要慶祝，而不是哀悼或安慰。」

「說得太好了，就是這種精神！我提議，我們不要在家喝悶酒，應該出門找個酒吧慶祝，也許今晚就有新的戀情在等著你呢！」

郭可盼立刻架了大新一拐子，「不要白目，小和的情傷還沒痊癒，找什麼新戀情？」

大新窘得滿臉通紅，爲自己的再次失言道歉。

「不，不需要道歉。我也覺得出門是個好主意，與其待在分手現場，不斷想起討厭的傢伙，不如換個環境，心情也會煥然一新。」藍思禮已經感到情緒高昂，這不正是他身爲大明星時不方便做的事情嗎？「我們一起去最熱門的酒吧慶祝吧！」

Chapter 13

「下次再約喝酒，由我決定地點。」

「這裡有什麼不好？」

該先說哪裡不好呢？端木嘆了口氣，思索著恰當的用詞。

表哥說要出來喝一杯，他想像的地點是一家舒適小酒館，客人不多，店內最大的噪音，可能來自角落的點唱機或撞球檯。

結果看看他們現在身在何處？場地大、裝潢炫、燈光超閃、樂音震耳欲聾，大批顧客在舞池瘋狂熱舞。即使台上的DJ精心打扮，背著一對雪白翅膀，他仍舊覺得這裡是撒旦的地盤。

「這裡是夜店。」還是全市最熱門的同志夜店。

「夜店或酒吧，不過是消防規格和營業時間的差異。」Chris聳聳肩，「再說，地點也不算我的主意，是他們嚷著說要見識另一個世界。」他翹起拇指，往旁邊一比。

所謂的他們，指的是安東尼和佐久間正義，兩人正好參觀了一圈回來，笑容滿面地坐上Chris身旁的吧檯椅。

他們兩人都是Chris的同事，同樣擔任總裁的特助，姓名也一樣充滿外國風味，卻都是土生土長的本國人。

端木和他們見過幾次面，兩個人都是好相處的個性，也可以說彼此是半個朋友了。

安東尼和佐久間似乎對久仰的「另一個世界」感到滿意，尤其較年輕的佐久間，不僅情緒高昂，雙頰也被酒精染紅不少，露出一臉可愛的傻樣。

「這個地方太棒了！」他亮出白牙，笑容燦爛，一面伸手掠奪同伴面前的一籃烤雞翅，「每個人都好友善！好多人請我喝酒吃點心，還交換了聯絡方式，一下子得到好多新朋友。」

佐久間年紀輕，擁有陽光運動員的外型，笑起來還帶有大男孩的純真氣息，當然受歡迎，而那些新朋友，覬覦的八成也不是他的友情。

端木和Chris一致將視線投向安東尼，後者會意地點著頭，「知道知道，我會顧好這小子，不讓他糊裡糊塗被吃掉。」

佐久間忙著啃雞翅，雖然對另外三人交換的眼神與話語感到迷惑，卻也沒空發問。

安東尼替所有人向吧檯點了一輪酒和幾樣點心，專門供應隨時都餓著的佐久間。

「你們打算整晚都待在吧檯嗎？沒有批評的意思，但是你們像這樣子黏在一起，不怕嚇跑潛在對象？」

「誰嚇跑誰的對象？」異性戀的Chris沒好氣地回應。

安東尼仔細端詳面前的表兄弟倆，一個氣質陰森、一個嚴肅，「我還眞的沒辦法決定……」

「Chris！」佐久間搶答道：「Chris可怕多了！」待Chris的視線掃過來，他又趕緊縮起身體。

端木並不介意什麼潛在對象。他知道表哥選擇在同志夜店見面，不是爲了滿足同事的好奇心，而是希望他重返求偶市場。

兩年多了，他的確也該拋下過去，重新開始，只是……這個場所實在是個糟糕的選擇。

「大部分的人來這種地方，只想要一段短暫的關係，我要的不單是一個晚上的激情與放縱。」端木搖頭道。

「再約第二晚、第三晚，就不叫一個晚上。」安東尼眨了眨眼。

「多數人不想要再約第二晚、第三晚。」

Chris接著回道：「不必在乎多數人的想法，我們不是來做市場調查。」

「也不是來找對象。」端木的意志十分堅定，「今晚我只想喝幾杯酒，放鬆心情，其他什麼事都不做。」

安東尼稍微靠近他，「哦，最近工作還好嗎？聽說藍思禮在攝影棚整整三天沒有發脾氣，沒有爲難任何人，還溫和友善、謙遜有禮。」

端木有些驚訝，「你怎麼知道……」同時看向Chris。

Chris搖搖頭，「不是我說的。獲取情報是阿尼的專長，他就是有辦法知道各種事情。」

「藍大明星是萬象娛樂的支柱，我當然要關心。」消息靈通的男人笑道：「萬禧飯店的意外眞的有那麼大的威力嗎？讓他連個性都變了。」

「凡事都有原因，可能是飯店的意外，也可能完全無關。」

「到底什麼意思啊？有講跟沒講一樣。」Chris蹙起眉頭。

「說不定他是被附身！」佐久間嚷道。

端木只是聳聳肩，「意思是，我沒有興趣找出背後的原因。」

安東尼嗤笑一聲，「附身妖怪還幫忙工作，這麼善良好心？」

「好心，但是無趣。」Chris很快接著說。

「我不覺得。」端木脫口而出。

「你不覺得他好心？還是不覺得他無趣？」Chris又問。

端木立刻轉開視線，假裝自己沒有說話。

「既然是善良的好心妖怪，就不必擔心啦！達成目的後，他們就會自動離開，鄉野傳奇都是這麼演的。」佐久間總算嚥下食物，能夠講出較長的句子。

Chris翻了個白眼，「善良的好心妖怪怎麼壓制得住藍思禮的存在？」

「或許他不在。」佐久間答道。

「那是什麼意思？」Chris又問。

「藍思禮的靈魂出遠門去玩之類的？」佐久間歪著頭，努力為自己的想法設定細節，「出門前，他召喚好妖怪來幫忙看家，打理身體健康。」

安東尼忍不住吐槽，「你看了太多三董寫的靈異小說。」

佐久間立即捍衛偶像，「因為三董的小說有趣啊！」

另外三人越扯越離題，端木苦笑著搖搖頭，不再分神去聽。他旋動椅子，背靠著吧檯，視線隨意游動，沒有什麼目標。

場內熱鬧依舊，越晚客人越多，情緒也越亢奮，音樂的節奏似乎也更強烈了。忽然，端木收起懶洋洋的坐姿和神情，雙眼微微瞇起，目光不再移動。

Chris注意到他的異樣，也順著他的視線望過去。

不遠處有張靠近舞池的桌子，三男一女，共四個年輕人正在桌邊談笑。

「認識的人？」

「一面之緣，不算認識。」端木回答。

雖然僅僅一面之緣，端木卻很確定自己沒有認錯，桌邊其中一位男子，就是在萬禧飯店外，匆匆和他打過照面的年輕記者。

那天稍晚，他還在宴會廳遠遠看見對方，因此分了心，沒有把全副的注意力放在藍思禮身上。

意外過後，他沒有餘裕多想，只聽說年輕記者有一點擦傷，其他一切都好。暫時放下心的同時，他也不是完全沒幻想過和對方再次見面，有進一步認識的可能性。

只是他怎麼也料不到，再次見面的地點，竟然會是在同志夜店。

「那個人……他有一雙我見過最清澄明亮的眼睛，給人的感覺很好。」語音剛落，端木腦中忽然閃過模糊的印象，好像最近也在哪裡有過類似的感受……

他的一番讚美引來伙伴們的好奇，端木沭可不是隨口說好話的性格，他的認同難能可貴，連佐久間都暫時放棄食物，轉過視線。

「哦，那位高個子不就是在萬禧和你家明星撞在一起的記者嗎？」安東尼的專長也包括認人臉、記人名，馬上就在腦裡搜到資料，「我送過禮物去他的辦公室，可惜沒見到本人。他有個不常見的姓氏，全名叫、叫、叫……舒清和！二十五歲，未婚，好像有男友，又好像沒有。」

「好像有，又好像沒有？」端木皺起眉。

「當時只是快速做個簡單的背景調查，如果你需要，日後我可以友情提供一份詳盡徹底的——」

「別讓他插手你的私事。」Chris打岔道。

「提醒你，上一次我的插手可是獲得了空前的成功！」

「臉皮厚眞好啊！」

同事間的拌嘴忽然停下來，因爲那位名叫舒清和的記者，和朋友說了幾句話後，起身往吧檯方向走來。

對方的眉眼蘊著笑，看起來心情極佳，衣著打扮很時髦，有別於工作時的簡樸，加上一副身高腿長的好身材，所經之處吸引到的目光，不單來自端木一行人。

在端木做出是否打招呼的決定前，對方先看見了他。年輕記者的動作一滯，滿臉驚訝，接著眉尾一揚，嗤笑出聲，彷彿在這裡相遇，是最荒謬好笑的事。

見狀，端木把原本要說的話都吞了回去。

年輕記者很快從吧檯拿到四杯酒，轉身臨走前，還向端木拋了個充滿戲謔意味的媚眼。

經過一陣尷尬的靜默，安東尼輕咳一聲，「呃，那個……每個人的感受不同，不應該質疑別人的品味，如果你覺得那樣的、那樣的眼神清澄明亮，那、那也很好……」

「我倒覺得他的笑容妖氣沖天，和Chris是同一個類型。」

Chris瞪了無端把自己牽扯進去的佐久間一眼，卻沒有反駁的意思。

端木搖著頭，神情黯淡，「不、不是的，他本來不是……」

不是什麼？他們根本是陌生人，連姓名都沒有交換，他哪有資格認爲初遇時的感覺才是眞實？

他實在懊惱，仰頭乾掉杯裡的最後一口酒，酒液滑下喉嚨，竟然已經沒有先前的順口爽快。

無緣的記者沒在桌邊久待，不久便和其中一名同伴相偕進了舞池，淹沒在燈光與人群之中，從吧檯的角度已經看不見他們的蹤影。

不過，距離再遠一點，舞池另一頭的沙發區裡，倒有個三名特助都熟悉的身影。

佐久間伸手指著，「嘿，那個人是不是『萬萬不可』的梅總？我是說，梅曦明總經理？」

佐久間有身高優勢，視力又好，安東尼必須借他的肩膀支撐，利用吧檯椅踏腳處墊高自己，才能看到同一個位置。一旦方向正確，即使光線不佳，梅曦明的搶眼外表就像強光閃爍的信標，輕易就能認出來。

「梅公子駕臨平民百姓的夜店，眞意外。」Chris也看見了。

「大概是來關心生意，因爲他有投資這家店。」

端木瞥了安東尼一眼，「你眞的什麼都知道。」

安東尼不知道的是，梅曦明純粹是作爲一名客人來找樂子。他並不是很關心生意或賺錢，所以才被梅家長輩們指爲不肖子孫，到後來不僅自己人，外人提到生技產業龍頭的梅家，也不把他梅曦明算在內。

那樣其實正合梅曦明的心意，他的野心不大，缺乏權力欲。父親過世後，他將分得的股份賣給兄姊，只拿了屬於他的部分現金和少許不動產，就此遠離整個家族的惡鬥。

要不是母親還在，大節日不得不回去讓老人家叨念幾句，其實他很願意完全不和親人聯絡，反正他人生的最大資產，是他和張鳳翔的友誼。

梅曦明雖然和萬歷總裁張雁鳴同齡，卻和大他們三歲的張家三男張鳳翔一拍即合，從小學到現在三十七歲，幾十年來，都是彼此最好的朋友。

兩人志趣相投，少年時熱衷討論各地鄉野怪談，年紀稍長後，張鳳翔提筆寫作，梅曦明是第一個讀者，兩人不但一起腦力激盪，挖掘出各種新點子，還找了印刷廠，自印自售。

在少爺與千金的圈子裡，他們的嗜好實在不可思議。沒有人搞得懂，爲什麼他們可以平常像個紈褲子弟，吃喝玩樂或鬧出各種八卦緋聞，一轉頭又頂著化名，拖著一箱箱紙本書，到各種奇怪的集會擺攤販售。

這種自得其樂的型態，在張鳳翔的某一次生日，產生了改變。

那是個以家人為主的小型慶生會，梅曦明是唯一受邀的外人。席間，張鳳翔提到想要將他的靈異小說投稿到出版社。

「出版社知道你是我兒子，絕對沒有問題。」當時，張鳳翔的總裁老爸是這麼回應的。

「我要用假名，出版社不需要知道我爸是誰。」

「不行，兒子被退稿，做老爸的面子沒有地方擺。」

「為什麼先假設會被退稿？」

「你真的要聽原因嗎？」張家五個小孩當中，排行最末的妹妹笑著插嘴。

「沒有人問妳的意見。」

妹妹只是嘻嘻一笑。這個高中生小妹妹，古靈精怪又伶牙俐齒，梅曦明從小就知道不能招惹，最好保持距離，越遠越好。

後來，張家大哥提了建議，「不如自己當老闆，就沒有退不退稿的問題。」

「說得對，我們應該開一家出版社！」張鳳翔興奮地對好友嚷道。

梅曦明熱烈點頭，「除了你的小說，我們還可以出版任何我們喜歡的書！」

「對！那些都沒人要賣、沒人多看一眼，但是非常有意思的冷門作品就在等著我們！」

張家老爸發出了沉重的嘆氣聲，「這種志向和眼光，以後我也沒辦法指望這小子接班了是不是？」

當時，大家都在開玩笑，並不認眞看待張鳳翔和梅曦明的出版社計畫，只有一個人明確表達了支持，而他們也只需要這一個人——張鳳翔的弟弟，當時還是大四生的未來總裁。

到今日，梅曦明仍然記得張家老四溫文儒雅的微笑。

「三哥有這份熱情，很好啊！可以讓我投資你們的出版社嗎？」

然後總裁一直投資到現在，從不要求回報。

梅曦明也有手足，一個哥哥和兩個姊姊，可他從沒接收過那麼堅定溫暖的支持。

張鳳翔是幸運的人，他也很幸運成爲張鳳翔的摯友。他們眞的一起開了家出版社，用自己的喜好與品味選書，成品印得豪華精緻，不太在意賺錢與否。

張家的人從來不管他們怎麼亂花錢，在有錢人的世界裡，搞出版社也不算是多麼昂貴的嗜好。

只是，朋友再要好，終究會遇到需要一點距離的時候。

張鳳翔兩年前結了婚，梅曦明還在遊戲人間，又因爲偏好的對象多是男人，偶爾會引發夫人的醋意。

對摯友並無半點遐想的梅曦明，一直在努力拿捏友情的分寸，不像張鳳翔傻傻的，還邀他和他們夫妻倆一起到紐約度假半個月……他可沒有愚蠢到點頭答應。

於是，張鳳翔出國度假期間，梅曦明便和其他朋友們到夜店玩樂，維繫一下感情，順便補充圈子裡的消息。

其中一名朋友的父親是電視台高層，正在炫耀不久後要在自家豪宅舉辦的賞月宴有多麼盛大，賓客名單的星光度多麼閃亮。

梅曦明一面聽著，視線一面往外尋找得他眼緣的目標。

他就是端木所說的多數人，來夜店追求一晚的放縱。

他靠著沙發，端起高腳杯，杯裡的調酒是豔麗的鮮紅色。酒杯湊到唇邊時，他停下了動作，視線越過杯緣看出去。舞池裡有個格外挺翹的臀部吸住了他的目光。

Chapter 14

完美翹臀的主人當然也擁有出色的身材，深色衣褲的緊度恰到好處，秀出的身體線條，是許多人豔羨追求的目標，一看就知道付出過極大的心力照顧。

可惜不是梅曦明的首選目標，說到純粹的肉體關係，他更喜歡氣質偏中性、纖細漂亮的美男子。這人的體格太高、太英挺，都要跟梅曦明自己差不多了，不在慣常的狩獵範圍內。

他移開視線，轉往別處尋找。舞池、桌邊多的是主動投過來的邀約眼神，選擇其實不少，他的注意力卻總是轉回到那兩片誘人美臀，彷彿受到海妖的呼喚。

經過十來分鐘的掙扎，目光第五次不受控制，梅曦明終於放下酒杯，從沙發起身。

友人們還在談論賞月派對，其中幾人對他眨眨眼，舉起玻璃杯無聲祝他好運。

梅曦明勾起唇角，用手指碰了碰眉尾，懶洋洋地回了禮。

一擠進舞池，立刻便有人靠過來示好，梅曦明禮貌微笑，遠遠閃開，眼裡只有他的目標。

他選擇從背後接近，慢慢侵入目標的個人空間。他們的體型果然接近，梅曦明略高對方兩三公分，正好能嗅到來自對方髮絲的淡淡清香，心中又多幾分好感。

正如預期，那人察覺到他的存在與興趣，很快轉過身來。

梅曦明早已預備好的迷人微笑，在兩人四目相接的同時凍結在臉上。

他眞不敢相信自己的運氣！翹臀的主人是那個膽大包天、態度差勁的無禮員工！一想到自己在《盜火人》編輯部遭遇的窘境，還有在停車場被這傢伙甩掉，原本往下腹匯聚的火，便轉往胸口燒竄。

短短幾天內遇見兩個完美臀部，他就知道天下沒有這等好事。

事實上，即使沒有前次在辦公室的小衝突，梅曦明也不能對公司下屬出手。他正要隨口亂扯兩句，然後迅速逃開，對方卻睜著微帶酒意的雙眼，慢條斯理開了口。

「你看起來……」

「又要說我很眼熟是不是？」梅曦明心裡懊惱，卻向前踏近一步，「我是你的總經理！」

披著舒清和外皮的藍思禮腦袋微微一側，綻開笑容。

那抹笑彷彿帶有魔力，明明是相同的一張臉，五官都沒變，多添了笑容，感覺卻什麼都不一樣了。梅曦明怔怔盯著他，一時找不到比嫵媚更適合的形容詞。

海妖是眞的，而且牠們不一定出沒在海上。

「我本來想說，你看起來比白天更帥氣，可能因爲光線昏暗，我又喝了點酒的緣故。」

「你的意思是，你的腦袋和視線越不清楚，我看起來越賞心悅目？」

藍思禮笑著點頭，「這不正是這一類場所的用意？增加顧客的成功率。」

「成功率？」梅曦明還在呆看他的笑容，沒有會意過來。

「我弄錯了嗎？你拿你的下半身貼著我的屁股，難道不是性暗示，而是借過的意思？」

「那是……本來我……因爲……」

說他貼著對方的屁股實在太誇張。舞池人多，意外難免，但是碰到就是碰到了，梅曦明也無意掩飾意圖，嘆了口氣，實話實說，「因爲我不知道是你。」

「是我又怎麼了？」

藍思禮的詫異看起來很眞實，梅曦明猜不透他是傻傻的不懂，還是沒幾分鐘又忘記他是他的總經理。

「你是不是醉了？」

「有一點輕飄飄的感覺，不到喝醉。這個身體對酒精的耐受度很不錯，可以說我喝的程度，剛好足夠放寬交媾對象的範圍。」

「交、交媾？」

明明有那麼多同義詞能用！這人偏偏選了這個詞。

梅曦明瞪大雙眼，藍思禮卻瞇起了眼，「如果你腦中的用詞是『做愛』，我可沒辦法奉陪那種浪漫。」

他的態度乾脆，馬上就要轉身走開。

讓他走！梅曦明的理智在叫囔。想想招惹員工會違反多少規定、引來多少麻煩！想想十二歲的年齡差距，你踏入社會的時候，對方可還是個小學生！

但是他的左手有自己的意志，沒經過大腦同意，就伸出去捉住對方的肩膀……眞是個該死的大叛徒！

藍思禮順勢讓自己被拉回去，得意洋洋的帶笑眼眸，忽然距離梅曦明好近。

身爲上司的總經理還在舉棋不定，下一秒，無所畏懼的小員工已吻上他的唇。

他嚐到蘭姆酒香、微酸的檸檬氣息和一絲幻覺般的甜味——他們在接吻。

夜店中的一個吻不應該讓梅曦明如此驚訝。

藍思禮的吻大膽直接，不留試探猜疑的空間。梅曦明很快發現對方是個老練的接吻能手，完全清楚自己在做什麼、想要什麼。

如果關掉周遭的音樂，大概可以聽見梅曦明的理智正在大呼小叫，然而在現實中，連心跳聲都比理智響亮。

梅曦明逐漸遺忘先前的顧慮，探手攬住藍思禮的腰，另一隻手捉在對方頸後，指頭伸進髮中，期待著或許能染上那抹令人喜愛的淡雅香氣。

兩人第一次接觸，就吻得難分難捨，好不容易分開來，藍思禮發出了應該立即以妨害風化逮捕的嘆息，梅曦明感覺到腿間的硬物隨之抽動。

光是親吻就引起生理反應，對梅曦明來說是有點久遠的記憶，他彷彿年輕了好幾歲，也許……年輕到足以稍微忽略十二歲的差距？

他們的雙手仍然纏在彼此身上，藍思禮望著梅曦明的嘴唇，指尖撫過被吸吮得發紅的豐潤唇肉。

「我喜歡你的嘴唇，它還能做什麼其他的事嗎？」他曖昧地搧動睫毛。

回應之前，梅曦明悄悄做了幾次深呼吸，「讓我搞清楚一件事，你曾經對我出言不遜、態度傲慢，完全不把我這個總經理放在眼裡，剛才卻幾乎要啃掉我的半張臉？」

「那有什麼奇怪嗎？難道你沒有心中記恨，卻管不住兩隻眼睛緊盯著我的屁股？」

「你、你注意到了……」幸好光線昏暗，不容易看出梅曦明的臉頰熱度。

「猜到的。」藍思禮附在他的耳畔，輕聲笑道：「你說謊和狡辯的能力低落得可怕，一定在『其他方面』有過人之處，才有辦法風流這麼多年，我真等不及親自體驗一下！」

語音甫落，藍思禮又扭頭吻他，意圖十分明確。

他們的身體緊貼著，下身互相蹭動，生理反應已經藏不住，也沒人想要藏了。

梅曦明調整角度，舔吻對方彎起的嘴角，不再理睬腦裡的任何警告，專心投入在這場出乎意料的驚喜當中。

事情的變化對藍思禮來說也是出乎意料。

萬象娛樂管理嚴格，任何可能鬧出負面新聞的行爲都在禁止之列。藍思禮愛惜事業，一直遵循公司方針，從來不在夜店這樣的地方尋歡作樂。

即使有圈內重量級人士包場開趴，他不得不露個臉應酬，也是全程謹慎小心，什麼放鬆享受、酩酊大醉一場，都敬謝不敏。

現在他不是大明星了，終於能夠觸犯一點平常的禁忌，稍微放縱自己，不必擔心過兩天就變成所有人的八卦對象。

小記者不正是這樣建議的嗎？

因此他在大家挑選喝一杯的場所時，要求了最熱門、顧客最多的當紅夜店，想要體驗一晚喧騰歡樂的氣氛，試試各種各樣的酒精飲料。

大明星藍思禮酒量淺、口味偏狹，又對許多水果過敏，喝不了幾杯。小記者舒清和不可能比他還弱，他眞的非常期待。

在梅曦明貼上來之前，這就是今晚的全部計畫，他沒有搞一夜情的打算，也拒絕了好幾個陌生人的邀約。

萬象娛樂當然不贊成藍思禮和任何人發生情感或肉體的牽扯，他自己也不想要那些麻煩。

然而，十年禁慾生活對藍思禮來說是不可能的。他享受性愛，只是沒有喜歡到願意拿事業冒險，折衷方法就是利用海外度假的機會，付高價找專業人士，換來幾個夜晚的消遣。

職業床伴拿大錢辦事，品質有保障，進門前後都要搜身，飯店房間也經過徹底檢查，還有保鑣站門口，過程非常安全、愉悅，稍欠刺激。

最近一、兩年，對於這種用金錢換取的專業服務，藍思禮越來越提不起勁。

而今晚，梅曦明貼了上來，他把轉身前已經準備好的拒絕吞了回去。

有何不可呢？他難搞又挑剔，遇見身材臉蛋都切中喜好的對象眞的不容易。性情、職業、年齡之類的考量，則可以扔到一旁，約炮注重的不就是外表嗎？

如今，他只剩下一個顧慮……

「等一下，我得先問過某個……『朋友』的意見。」

他們本來正並肩往出口移動，藍思禮忽然停下腳步，說出的理由實在令梅曦明感到荒謬。

「朋友的意見？在做出那些舉動之後，你竟然需要朋友的意見？」

「我很想直接跟你離開這裡。」藍思禮低著頭，艱困地操作手機，受酒精的影響，螢幕上的小小注音鍵盤變得很難瞄準，「可是良心這種東西，總要等到痛起來，才發現它的存在。」

「哦，你說的朋友是另一個炮友、男朋友還是女朋友？你是處在開放性關係的雙性戀？我的天哪，你是不是有個煙霧彈婚姻？我可不想被扯進任何複雜的關係裡！」

梅曦明臉色大變，甚至退開了一步。

「停止瞎猜好嗎？你不可能猜到正確答案。」藍思禮沒空翻白眼，他連續輸入錯誤好幾次，又刪掉重來好幾次，都快煩死，「這麼說吧，我要問他介不介意我開他的車去加油。」

一定是音樂太大聲，害梅曦明以為自己聽到什麼車子和加油。

藍思禮繼續說著，「我借來開的這部車，他非常愛惜，本來只去同一家特定的加油站，後來我算是……一把火燒了加油站，所以我現在想知道，他願不願意讓我去其他地方加油。」

「你確定你沒有喝醉？」

「噓！」他舉起一根手指，「別吵，先讓我專心打字。」

「我在夜店，可以約人上床嗎？純粹交媾，不牽涉感情。」

舒清和瞪著剛接收到的訊息，傻住了好一會兒，腦袋不知道該先消化處理哪個部分。

夜店？他們不是在家裡喝幾罐啤酒嗎？竟然出外狂歡，放他這個眞正需要安慰的人和醜陋的八卦新聞奮鬥？眞不公平！

至於那個交媾……世上的確存在許多更常見的用語，但是話說回來，這可是藍思禮，平淡的用詞或許反而奇怪。

眞正讓舒清和驚訝的，不是藍思禮想要和某人「交媾」，而是藍思禮竟然事先徵求他的同意。就他的認知，大明星行事隨心所欲，並不在乎別人意見，先斬後奏或是根本不提，他都不會感到太意外。

二話不說就替人分手的藍思禮，居然來徵詢他的意見，眞教人窩心。

緊接在窩心之後，卻是難爲情。

舒清和在性愛方面的自信一直都不高，遇見高孟璟之後只有雪上加霜。在他們並不活躍的性關係當中，高孟璟總是百般挑剔，檢討他的各種不好。

舒清和相信對方的說詞，性愛中變得更容易緊張，每次都以對方的感受爲主，盡力配合，結果依舊讓人失望。

性愛於他而言並不美妙，但是藍思禮未必有同感，如果藍思禮能享受與夜店陌生人的一夜風流，有何不可呢？

他也不是沒約過，在和高孟璟正式交往之前，舉凡酒吧、夜店、交友軟體、友人亂牽線，他都嘗試過，每次都在一夜激情之後迅速終結。他不排斥短暫的肉體關係，只是自認不適合。

現在他恢復單身，作爲和高孟璟之間的徹底了結，藍思禮的要求也算來得正是時候。

「請務必做好防護措施，注意安全喔！」

藍思禮接收到的回覆，宛如家長叮嚀小孩出外遊玩要小心。小記者同意了，原本他還擔憂小記者可能介意對象是公司的主管……慢著，他確實寫了對象是梅總吧？整段訊息刪來改去太多次，他實在記不清楚最後送出的是哪個版本。

收起手機的動作停頓下來，藍思禮不經意抬起眼，迎上梅曦明的目光。對方微微皺著眉頭，神色困惑，大概正處在誤會他藉故拖延的邊緣。

藍思禮把手機塞回口袋。應該是寫了，他在傳訊的時候，腦袋正想著梅總，所以一定有寫梅總，這很合乎邏輯。

他微側腦袋，揚唇一笑，「我們離開這裡吧！」

大新回到座位，轉告郭可盼夫婦，小和說要先走，笑咪咪地和另一個男人離開了。

離開要去做什麼事，不言可喻。

「失戀真的能改變一個人。」大新感嘆道。

「把爛男友當成宇宙中心，還過得那麼委屈的小和，是該被改變了！」郭可盼倒很高興，「認識渣男以後，他都沒有以前那麼開朗愛笑，你們不是也很擔心嗎？幸好半年不算久，希望小和趕快恢復正常。」

大新點頭同意，「這麼說起來，和新男人出去玩是好事，至少小和比群組聊天的時候有精神多了。」

「我早就說過，溫暖的友情加上一點酒精，能治百病。」郭可盼得意地舉起酒杯，「安慰飲酒會大成功！」

「耶咿！」大新也拿起自己的杯子，和她碰杯慶祝。

郭可盼的丈夫沒有加入他們，而是往出口方向伸長脖子，「是我眼花嗎？跟小和一起離開的男人，長得很像梅曦明。」

郭可盼和大新對視了一眼，同時大笑。小和公司的總經理？除了眼花，還能是什麼？

Chapter 15

梅曦明或許有複數缺點，但是小氣絕對不在其中，他挑了知名五星級飯店入住，高樓層房間，裝潢氣派，窗外還有大片夜景可賞。

藍思禮逗留在門邊，覺得房內每個角落都很可疑。他為了工作在城市之間奔波時，已習慣高級住宿，只是每回都有保全先檢查過房間，現在要他跳過預防措施直接進房，實在不太安心。

梅曦明誤解了他的遲疑，以為是震攝於飯店的高級昂貴。那正是他展現財力的目的，除了追求高品質的享受，也喜歡見到對象的驚嘆或敬畏。

「別害怕，家具不會咬人，也不需要你付半毛錢，都有我在呢！」

啊，沒錯，有梅總經理在，就算不幸被偷拍，要焦頭爛額的也不是小員工的小記者。心頭最後一絲疑慮像烏雲被陽光驅散，藍思禮的整張臉亮了起來。

梅曦明認為是自己的安撫起了效果，心中得意。他單手扯開領帶，另一隻手伸向藍思禮。

「過來看看！」他往落地窗偏頭示意，他可不是猴急的粗魯男人，一夜情也是要講究氣氛的，「景觀是這家飯店的賣點之——」

話沒說完，梅曦明已經被推倒在床上，嘴巴還大大張著，驚訝地望著出手的猴急粗魯男人。

藍思禮踢掉鞋子，爬到梅曦明身上。床墊乘載兩個成年男子的重量，只微微下陷，支撐度極佳，床單摸起來絲滑柔軟，想必也是飯店的賣點之一。

「來交媾吧！」

第一次聽見藍思禮的用語，梅曦明只感到震驚，現在第二次聽見，他忍不住笑了，「你眞是個怪人。」

藍思禮咧開嘴笑，露出森森白牙。他俯身親吻他的獵物，從唇角一路到頸子，先前留意過的香水味，在夜裡似乎更加濃郁，混著淡淡調酒果香，很適合身下的男人。

他伸手摸到對方的胸口，先解領帶，然後是襯衫鈕釦。小記者的體型和力氣非常有用，壓制一個大男人毫不費勁，那是他原本的身軀不可能辦到的事。

小記者說得對，體驗新事物的感覺眞的很好。

梅曦明並不怎麼介意對方不由分說就騎到自己身上，其實他滿喜歡這樣的位置，抬手就能把垂涎不已的美臀抓在掌中，盡情揉捏，手感美妙得超出想像。

藍思禮對梅曦明的脖頸一陣猛烈攻擊之後，又回到唇邊，彼此交換了充滿水聲的濕吻，同時用下腹輾向對方的腿間重地。

梅曦明在乘車途中冷靜下來的器官再度脹大，撐開了西褲布料，勃起後的輪廓明顯可見，頂端已經微濕——今晚他的敏感度眞的是重返青春。

「我們沒事先對過號碼，如果我要你現在轉過身趴好呢？」藍思禮狡黠地彎起嘴角，內心存著小小惡意，期待看見對方的驚慌不安。

「我會感到相當意外。」聽懂對方的意思，梅曦明只是聳聳肩，「先警告你，通常我都待在另一個位置，換號之後可能不太熟練，你得多花點耐心……你有吧？耐心？」看看對方撲上來的那股氣勢，他眞有點擔心。

「哦？不害怕你的男性雄風受挫，小雞雞會消失？」

梅曦明笑著搖搖頭，有些男人是那副德性沒錯，「我很願意配合，讓你展現男性雄風，保住你的小雞雞。」

藍思禮沒有回話，也沒有移動的意思，仍然穩穩壓坐在他身上，眼裡的戲謔成分倒是已經收了起來。

梅曦明猜想，自己大概通過了某種隱藏測試，「在你的床伴名單裡，我的排名上升了嗎？」

藍思禮撇了撇嘴，「拜託，誰會排那種無聊的名次？」

「無聊的傢伙多得超乎你的想像，據我所知，演藝圈裡就有不少，他們打了分數之後還會互相交換。」

「交換什麼？分數表還是床伴？」

「都換。」

室內陷入短暫的靜默，藍思禮瞪大眼睛看他，難得不知道該怎麼回應。

梅曦明後悔了，「這個話題太破壞氣氛，是我的錯。」

他立刻彌補過錯，雙手往前移動，找到藍思禮的襯衫前襟。

略嫌詭異的話題一下被拋開，兩人身上的衣物也是，亂糟糟地在床邊地板上積成一座小丘。

兩人之間很快只剩下藍思禮的牛仔褲還穿在身上。

褲子是新買的，藍思禮承認尺寸緊得過頭，出門前著裝已經夠艱難，現在急著要脫掉更加不容易。

梅曦明不得不出手相助，幫忙抓住褲管末端，使勁往外扯；藍思禮仰躺著抬高屁股，下半身往各種角度奮力扭動，每次都只能掙脫一點點。

當人和長褲終於完全分離，梅曦明忽然失去阻力，口中發出驚呼，整個人往後翻倒在床上，頭臉被牛仔褲蓋住，場面十分滑稽。

見狀，藍思禮大笑不止。

梅曦明把牛仔褲扔到一旁，握住藍思禮的腳踝，將人扯向自己，「快點過來！」

藍思禮欣然從命，撲上去便是一陣熱吻。

如果夜店舞池的吻叫做熱情，這時候的吻，大概可以用狂野且有害健康來形容。他們吻得像要吸乾對方的氧氣，又像要把對方吞入腹中，身軀糾纏在一起，在大尺寸床墊上恣意翻動。講究的不是誰在上、誰在下，而是誰能讓對方喘得更厲害、表現得更渴望。

一直到梅曦明的腦袋差點撞上床邊櫃，他們才暫時停下。

彼此的呼吸都變得短促，梅曦明躺在藍思禮身下，伸手撩起對方垂落的髮絲，撥向耳後。

他的目光隨著指頭移動，輕揉著藍思禮濕潤的雙唇，滑過發熱的臉頰，然後是那對燦亮的眼眸。他的視線逗留在那裡，無法移開。

「我不知道自己是怎麼回事，甚至不覺得喜歡你的長相，卻沒辦法不盯著你多看一會兒。」梅曦明喃喃低語。

「你的甜言蜜語眞是讓人開心死了。」藍思禮出言譏諷，語氣卻不尖銳。他彎身湊到梅曦明耳邊，「快說你手邊有潤滑劑和保險套，沒準備的話，我可不保證接下來會發生什麼慘劇。」

「有，有，馬上拿。」

藍思禮還沉甸甸壓在身上，梅曦明卻沒開口提醒對方移動，而是故意朝床緣伸長手，奮力揮舞掙扎，嘴裡咿咿唔唔發出怪聲。

藍思禮翻身下來的同時翻了個白眼，「你好幼稚。」

「你好凶。」

「其實你喜歡被凶，沒發現嗎？」

「胡、胡說！」

藍思禮奸笑不語，挑了最省力的姿勢趴下，臉頰貼著枕頭，張嘴打了個呵欠。他累了一天，羽毛枕很軟、很香、很具誘惑力。

就在他的性慾快敗給睡意時，半邊臀瓣忽然傳來濕濕軟軟的觸感，緊接著被咬了一口。

他吃驚扭頭，手往屁股一伸，摸到兩排淺淺的牙印，而那個又舔人又咬人的犯人，就跪在他的屁股後方，得意笑著。

「你在我的屁股留下齒痕？」

「不客氣，現在你的屁股加倍好看了。」梅曦明正把潤滑劑抹上指頭搓熱，笑容讓他看起來格外英俊。

藍思禮決定這一回先放過他。

滑溜溜的修長手指進入體內時，藍思禮閉起了眼，臉蛋蹭向枕頭，滿足地嘆息。

他感覺得出來，小記者跟他一樣，許久沒有好好享受過身體的歡愉，通道很緊，慾望很強烈，彷彿有一把火，從入侵的指尖竄向四面八方。他不由自主扭著腰，喘著氣，舒服得曲起了腳趾。

可惡的梅總卻不讓他舒服太久，他不喜歡手指撤出後造成的空虛感，咕噥了兩聲抱怨，懶懶翻過身，目不轉睛看著正在對付保險套包裝的性感男人。

之前猜得不錯，梅總果然擁有「過人之處」，在藍思禮見過的男性器官裡，可以說名列前茅。尺寸高於平均值，又不過分巨大，長度尤其令人期待，絕對能頂到很深的位置，難怪沒人計較他的說話技巧好不好。

藍思禮舔了舔嘴唇，在對方靠近時主動分開雙腿。

梅曦明刻意先揉了藍思禮的屁股一把，才扳開臀瓣，暴露出穴口。原本緊窄的通道已被手指適度撐開，潤滑液抹得多了，柔嫩的膚肉在燈下閃著誘人的水色。

他著迷地看了一會兒，才扯開視線看向藍思禮，確認對方已經完全做好準備。如果是往常的自己，藍思禮真的會開口催促，也不介意來點激烈的，但是他現在努力忍下來，爲了新的顧慮。

「別弄傷或弄痛這個身體，我可是受到鄭重的託付。」

又來了，這傢伙又開始說奇怪的東西！梅曦明嘆了口氣，「以後你再去夜店就少喝點，會有很壞的傢伙占你便宜。」

這一番關心聽起來真摯，藍思禮反而感到好笑，「你就不是很壞的傢伙？」

「我好得很，你對我的評價眞低，眞不公平。」

事實證明，藍思禮對他的低評價，還眞的是不公平。

出身豪門的梅公子，居然不是個只顧自己享受的自私傢伙，他遵照要求，推進得緩慢且溫柔，只要藍思禮聚攏眉頭，或是微微抽氣，他都會停下來仔細察看確認，詢問對方好不好。好幾次藍思禮都差點要撤回前言，只求他動作快一點。

當藍思禮終於將他整根吞入，兩人都重重吁出一口氣。

梅曦明雙手緊抓在藍思禮臀部兩側，指尖微微陷入肉中，「眞不敢相信，我還以爲……沒有任何東西緊得過你的牛仔褲……」

藍思禮陷在想笑又想高聲呻吟的困境中，「知道什麼時候講笑話最不性感嗎？就是你的陰莖插在別人屁股裡面的時候！」他假裝惱怒，然而並不成功，深埋在體內的充實感太令人分心。

梅曦明微微一笑，俯身攫住藍思禮的雙唇，舌頭鑽進口中，靈活掃過每一處的敏感位置，臀部也開始小幅度擺動。

藍思禮抓住他的手臂，呼吸節奏一瞬間加快。

「還好嗎？覺得痛嗎，還是喜歡？需要我停下來嗎？」

無法用搖頭或點頭一次回答全部提問，藍思禮煩躁地吐出一口氣，斜著眼瞅人，眸中情慾濃重，反而像在鼓勵對方。

梅曦明的笑容加深，抽送的速度逐漸加快，他維持著穩定有力的節奏，兩手捉住藍思禮的膝彎內側，拉開那雙長腿，將對方的臀部完全抬離床墊。

藍思禮輕叫一聲，已經泛紅的臉頰難得熱度上升，他極少被這樣子擺弄，羞赧之餘，更多的是驚訝。他是眞正的藍思禮時，這一類的姿勢，通常會引來關節與肌肉的抗議，此刻卻毫無滯礙，輕而易舉便辦到。

「這個身體的柔軟度眞是優異！」他忍不住讚嘆。

梅曦明頓了一頓，表情怪異，「第一次遇過有人在床上自誇自讚。」

「那是因爲……」藍思禮的胸膛起伏，聲音不穩，卻還是要嘴硬，「你沒讓我爽到說不出話來。」

俗話有云，男人在床上容不得挑釁，梅曦明也不例外。他咬著牙，發出的聲音來自喉頭深處，低沉又性感，是純粹且露骨的肉慾，同時震動著互觸的身軀。

在那之後，藍思禮不再有任何喘息的空檔，新的角度讓梅曦明進入得更深，次次都插到了底，重擊在那個美妙的快感中心。他的大腿拍打著藍思禮的臀肉，從穴口溢出的潤滑液混著汗水，製造出令耳根發燙的獨特聲響，迴盪在室內、在兩人耳中嗡嗡作響。

藍思禮主動抬起腰，迎向每一次的頂入，指頭在對方的手臂掐出代表愉悅的痕跡。他呻吟得像一頭發情的野獸，愛極了過程中的每一秒鐘。

梅曦明的目光落向兩人中間，困在那裡的可憐器官已經又硬又濕，不可能再支撐多久。

「忍不住了嗎？是不是很想射？告訴我，你想要射了。」

藍思禮懊惱地瞪著眼，「不要問那種、那種……廢話！」

「真的好凶。」

梅曦明低笑著握住了它，拇指反覆揉過尖端，掌心快速套弄起來，力道或許大了點，卻深合藍思禮的心意。

下方的抽插當然沒有停歇，甚至變得更加激烈，藍思禮放縱呻吟，腦袋仰起，暴露出修長頸線，梅曦明湊上來張嘴就咬，時間與力度恰到好處。

快感強烈洶湧，已經不能抗拒，藍思禮感到下腹一陣緊縮，抖顫著噴濺出溫熱的白濁液體。

緊追在他之後，梅曦明也亂了節奏，藍思禮聽見低沉的嘶聲，感覺到猛然在屁股上收緊的手掌。

如果可以許願，他希望等到梅總的齒痕和指印都消失之後，再讓他還車給大概會陷入恐慌的小記者。

梅曦明懶在床上，聽著浴室裡水聲淅瀝。不愧是小他十二歲的年輕人，完事就跳下床，輕鬆得彷彿沒有在性事中消耗掉半點精力，不像他的肌肉已經開始微微發痠。

他伸展上臂，放到腦後枕著，眼望天花板，他的身體不想動彈，腦袋卻在飛速運轉。

接下來是比較棘手的部分，他得委婉溫和地哄哄對方，讓今晚成為僅此一次的美好回憶。從前經驗不足時他有過失誤，一夜情的對象迷戀上自己，收尾的處理麻煩得要命。

這次的對象是公司下屬，尤其經不起半點錯誤，他必須格外謹慎。也許，送點小禮物？根據人事資料，這個小員工的生活水準不高，經濟上的幫助應該會受到歡迎。

梅曦明正在腦中揀選禮物，藍思禮已經簡單沖過澡，從浴室出來。他用一隻手梳理微濕的頭髮，一面彎腰撿拾衣物穿戴，動作俐落，只在擠進牛仔褲時顯得狼狽。

梅曦明不出聲地用目光追著藍思禮，最後來到床邊櫃，滿心以為對方終於要回到床上跟自己溫存——每一個炮友都想要更多他的陪伴，這是他最自豪也最困擾的部分。

然而，藍思禮並沒有爬上床。

「這個房間住一晚大概一萬出頭吧？這是一半的費用。」

藍思禮從外套口袋掏出的不是皮夾，而是銀色金屬夾，夾著厚厚一疊鈔票。他抽出六張大鈔，擱在床邊櫃上。

停頓片刻，他轉頭看了梅曦明一眼，又多加兩張，「今晚很愉快，你慢慢休息，我還要早起上班，先走了！」

藍思禮的態度不冷不熱，話說完，揮了揮手便走出房間，從頭到尾，只在掏錢時看過梅曦明一眼。

梅曦明震驚地呆在原處。

等、等一下，這是怎麼回事？跟他想得完全不一樣！

Chapter 16

聽小敦說，端木是凌晨回來的，進門後直接回房睡覺。

舒清和輕手輕腳穿過客廳，順道瞥了眼端木的寢室門扉，底下的門縫果然沒有光亮。

二十四小時的休假還沒過完，舒清和沒料到端木會提早回來，他認爲對方應該要去玩、去放鬆、去自己的家。當然這不是怨言，屋子裡有端木在，安全感無與倫比，他相當開心。

不想吵醒夢中人，舒清和把早餐帶回二樓，邊吃邊傳訊息給宣稱要搞一夜情的藍思禮。

「你還好嗎？平安到家了嗎？沒有被欺負吧？有空的時候方便回我個電話嗎？」

好像用了太多問號，但是他不知道如何修改，才能顯得沒那麼關切，因爲他就是那麼關切。

剛吃完早餐，餐後茶都來不及喝，藍思禮的電話就來了。舒清和端著茶，快速返回寢室，關緊了門，才敢接聽電話。

「被欺負?你以爲你問的是誰?」線路一接通，劈頭就是藍思禮的大聲抗議，彷彿被看扁一秒鐘都不能忍，「你應該要問，昨晚玩得夠爽嗎?對方還好嗎?」

大概是太習慣聽命行事，加上藍思禮話語中的權威感，舒清和眞的傻傻照著問，「喔，你昨晚玩得夠……夠愉快嗎?對方還好嗎?」

「既然你問了，昨晚我們到達飯店房間之後——」

「不不不，不要、不要告訴我細節!」舒清和總算及時清醒，「沒事就好，我只想知道你沒事!」

「還能有什麼事?我很好，就是個乾淨俐落的一夜情。」

「那、那我就放心了。」

電話另一頭沉寂了一會兒，就在舒清和以爲通話差不多該結束時，藍思禮忽然問，「你呢，你怎麼樣?」

「文章進度很順利，接下來幾天沒有行程，說不定可以提早交稿。」

「不是在問工作。」

「廣告代言的事嗎?」舒清和又猜，「勉強還算可以，你的外表很帥、很上鏡頭。」

「也不是問我的工作!」

「不然是問什麼？」

「我知道我很少關心別人，但也沒有稀奇到讓人聽不懂吧？」藍思禮的語氣摻著輕微的懊惱，沖淡了原本的快活氣氛。

原來藍思禮是在關心自己的感受？舒清和驚訝之餘，不小心笑了兩聲。

「我要掛電話了。」

「別掛別掛！我覺得我算……還可以吧？」舒清和急忙補救道。

他說還可以，倒不是怕別人擔心的逞強言語。昨天一天的確發生不少事，卻是多數都由別人代理完成，他不曾親身經歷，感受到的衝擊自然弱得很多，有時還要認眞想像一下，才能把藍思禮做過的事當成自己的事，尤其是昨夜的情事。

「老實說，我比較擔心你和你昨晚的……呃，『同伴』會失望，因爲我那方面……滿爛的……」

「滿爛的？如果你想聽聽我的意見——」

「拜託不要，我現在沒辦法承受你的毒舌打擊。」

「隨便你。」

舒清和猜想對方多半在翻白眼，他微微一笑，「而且你說了乾淨俐落，往後我們交換回來，我和昨晚那個對象不會再有交集，整件事就像從沒發生過，不是嗎？」

這次的沉默的長度，是前一回的好幾倍。

舒清和緊張地又問，「不是嗎？」

「你說不想知道細節，我就不回答了。」藍思禮咳嗽一聲，「昨晚我在夜店看見了木沐。」

話題的轉換快得可疑，但是效果顯著。

「木沐昨晚也在夜店？那種場所很吵鬧，我還以爲他不會喜歡。」舒清和總覺得端木是個更享受安靜的人。

「誰知道呢，他就是平常那個樣子，一張臉凶得好像被人欠債幾百萬，看不出來喜不喜歡。不過，我猜他喝酒應該喝得很愉快，他們那伙人都待在吧檯，就是爲了要一直喝一直喝吧！」

通話結束後，舒清和已經忘了原本擔心藍思禮什麼事，滿腦子都是藍思禮口中，昨晚一直喝一直喝的端木沐。

他拿著空茶杯和餐具下樓。雖然擺著就有人收拾，沒有必要親自動手，但是他不想養成壞習慣，免得自己變得懶惰，回到原本的身分時不適應。

端木看過他沖洗杯子，或是隨手把餐具帶到水槽。對方通常只是多看兩眼，從沒表示意見，不像昨晚的小敦，一看見就大驚失色地衝過來搶著做。

再次穿過客廳，端木的房間依舊沒有動靜，或許藍思禮沒說錯，他喝得太多，醉昏了，所以睡得比平常更久。

舒清和現在總算懂了，藍思禮是在提醒他要關心端木，就像早先鄭重囑託過的一樣，希望他們之間能有良好的互動。

其實藍思禮並不需要特別吩咐，自意外發生，舒清和住進這間屋子後，每天都受到端木的照顧，心中感激的他，本來就很想做點什麼回報對方。

於是他翻箱倒櫃開冰箱，搜尋材料，打算製作他的獨門解酒祕方。

高孟璟的工作經常需要應酬，每回都要靠他的解酒祕方緩解不適，他上一次製作，就是爲了前男友。

往後就不是了。他望著檯面上齊全的材料，由衷希望自己下次想起的會是端木，就像把討厭的記憶覆蓋過去。

說不定，他和藍思禮交換身分，是上天給予的優待，讓他遠離舊環境，也遠離前男友的回憶。

如此說來，他應該要感謝藍思禮，拜對方的夜店冒險之賜，他的最新性經驗也被蓋掉了，即使本人毫無感覺。

當靈肉分屬不同人，那一晚的性經驗該怎麼算呢？他的肉體、藍思禮的靈魂，加上一名陌生男子，難道是三、三人行嗎？

他爲自己的胡思亂想倒抽一口氣，差點弄翻剛完成攪拌的果汁機。

「算了，現在哪有餘裕管到自己的人生，等換回來之後再煩惱也不遲。」舒清和喃喃安慰自己。

他從櫥櫃裡找出一個全新隨行杯，瓶身還印著萬象娛樂的商標。

他把飲料裝滿，杯蓋旋緊，代班助理小敦正好在這時悠哉悠哉走進廚房。

「早安。」舒清和笑著向他打招呼。

小敦差點摔掉手裡提著的早餐，「早、早！您早！」

大明星不是應該睡到中午才起床嗎？怎麼辦，他只買一份早餐，要先上繳自己的食物嗎？萬一不合大明星的口味呢？對方會生氣或是過敏嗎？會開開開、開除他嗎？

舒清和對小助理的恐慌渾然不覺，他還在東張西望，「可以幫我個忙嗎？我需要便利貼，屋裡有嗎？」

「有的，我馬上去拿！」

小敦很快找來一疊便利貼，各種顏色、尺寸都有。舒清和選了最簡單樸素的一款，寫下解酒飲的功效，又怕端木有疑慮，還列出全部材料，然後才把便利貼黏上瓶身，放進冰箱，緊挨在冰水壺旁邊。

小助理從頭到尾僵立在一旁聽候差遣，舒清和被盯得有點不好意思，覺得必須解釋一下。

「聽說木沐昨晚喝得很多，醒來可能會不舒服，這杯飲料可以緩解宿醉，請幫我轉告他好嗎？」

小敦點點頭，連聲答應，就算大明星沒囑咐，他也不願意錯過端木的反應。

端木在午前踏進廚房，小敦一見到他，立刻就跳起來哭訴兼討拍。

「木沐大哥！你聽我說，那個藍思禮他……他起得好早！怎麼都沒有人警告我，這樣我算不算失職，會不會被開除？」

「哦……」端木愣了一愣，這幾天事情多，他都忘了，「對，藍思禮最近改變了作息。」

「太晚說了啦！我差點當場嚇死。」

「不要大驚小怪，會吵到樓上。」

小敦看端木皺起眉頭，忽然想起大明星的交代，「你頭痛嗎？是不是宿醉很難過？」

端木把眉頭絞得更緊，「我喝得不多，沒有宿醉。」

「是喔，那藍思禮要給你的東西，就派不上用場了。」

「藍思禮給我的東西？」

「在冰箱，好像是他親手做的。」

端木打開冰箱，果然看見小敦說的那個「東西」，上面還貼了字條。

他拿起杯子細看，看了很久很久，越看越覺得自己可能不認識字。藍思禮做了解酒飲料？甚至貼心標明材料和效果，叮嚀他補充水分、多休息，眞的假的？

他打開瓶蓋，淺嚐幾口，滋味倒不壞。

「你眞的敢喝！」小敦瞪大雙眼，發出驚呼，「有什麼感覺，喉嚨灼燒？腹部絞痛？還是晚一點才會發作？」

「你懷疑飲料有毒嗎？」

「不然還有什麼其他解釋？」

他被善良妖怪附身了！端木忽然想起先前與佐久間他們的對話，又立刻搖搖頭，驅散這個可笑的想法。

「你說這是藍思禮親手做的？」

「對啊，我回來的時候桌上都是材料，除了藍思禮，沒有別人在。」

端木仰頭把飲料喝得杯底朝天。他沒有宿醉，醒酒的效果不得而知，但是潤喉解渴的效果還不錯。

他又看一眼瓶身的便利貼，不知不覺間，善良妖怪的設定，好像越來越不奇怪了。

一整個早上，舒清和都在認眞工作，效率奇佳，被總編列爲最優先的丁路亞報導，已完工八成以上。

他太投入在工作，端木與宿醉很快被丁路亞與羅松濤擠到腦袋角落，直到家事服務員上樓詢問午飯想在哪裡吃，他停筆休息時才想起來。

小敦已經離開，一樓端木的寢室門微微打開一條縫，代表有事隨時可以找他。舒清和並不想打擾對方，靜悄悄地穿過大廳，走進廚房，抱著期待打開冰箱。隨行杯仍在原處，緊鄰著冷水壺。

失望之情洶湧冒出，他呆呆杵在大開的冰箱門前，差點沒發現瓶身的便利貼長得不一樣，比他用的短小，顏色也不同。

他趕緊拿起杯子，湊近眼前，紙條上只有短短幾個字——謝謝，很有效。

隨行杯拿起來沉甸甸的，他打開杯蓋，一嗅便芬芳撲鼻，有茶香，又有果香，不是他親製的解酒飲料，而是深受藍思禮味蕾歡迎的白桃烏龍茶。

不用猜也知道這是木沐的回禮，他迫不及待地啜飲一小口，雅致的香甜滋味漫開在唇齒間，就像他臉上逐漸擴大的笑容。

往後再製作解酒祕方，舒清和很確定，自己想起的不會是醉醺醺前男友的濃烈酒氣，而是甜甜的桃子香味。

在那之後，一切如常運轉，端木依舊是個沉默嚴肅的助理兼保鑣，伺候雇主的生活起居；舒清和窩在二樓，寫稿、交稿、改稿，努力趕上出刊日，遠端照顧他的記者生涯。

不過，這樣的日常還是有些不顯著的變化，比如舒清和從良好的互動中獲得勇氣，當他們爲安千緹的廣告再次前往攝影棚時，他又坐進了副駕駛座。

端木在驅趕他之前先嘆了口氣，「你又想幹嘛？」

舒清和滿懷希望地仰起頭，「我不想把你當成司機，我們可以做朋友。」

「然後，你打算在行車途中，趁機把手放到我的大腿上，是不是？」

那、那是什麼意思？舒清和震驚地望著對方，眼睛和嘴巴都張得大大的。

他的表情顯然惹惱了端木，「你竟然有臉做出那種反應，給我坐到後座去！」

除了終於把嘴巴閉起來，舒清和動也不動。

「你不自己移動，我就親自動手把你扔過去。」

舒清和看看端木的手臂肌肉，再對照自己，深知對方不是虛言恫嚇。

他微微轉動身體，左手伸向車門，卻是去抓安全帶。他心裡緊張，金屬扣戳到第三次才成功扣上。

端木難以置信地瞪著他。

「你要把我扔過去，就、就動手吧！」舒清和今天可是下了決心，表情和語氣都十分壯烈，「只是，拜託出手輕一點，這個身體很容易瘀青。」他緊緊閉起雙眼。

不久後，他感覺到動靜，不是自己被移動，而是整部車在動。

他小心翼翼睜開眼，窗外景物正以穩定的速率往後飛過，他們已離開車庫，行駛在一般道路上。

端木死死盯著前方，不往副駕駛座的方向看，「車裡如果有第三個人，你就得坐回後面去。」

「好！」舒清和的笑容大到嘴巴都有點痛，他成功贏得了副駕駛座！「我保證絕對不會亂摸你。」

端木抿著唇，整張臉繃得死緊，看不出來是否相信他。

舒清和保證不亂摸木沐，但是其他東西都摸了個遍。一路上，他調整座椅、察看置物箱、拉下遮陽板照鏡子，最後爪子伸向音響，轉了幾個電台，偶然遇上喜歡的歌曲，便停下來，面露微笑聆聽。

一直只管專心駕駛的端木，難得分神瞥來一眼。舒清和這才想起，他忘記尊重駕駛人的音樂喜好，他應該先問一聲，而不是獨斷獨行。

「你不愛聽的話，我可以轉到別的電台。」他的臉頰因爲羞愧與尷尬微微發熱。

他最常搭廖伯的車，決定音樂是廖伯交給他的任務之一，習慣一時難改。

端木搖搖頭，「我無所謂。」

他是眞的無所謂，對音樂沒有堅持。他只是有點困惑，藍思禮竟然沒有在車裡睡覺，甚至渴望副駕駛座，不僅像個好奇小孩般在前座東摸西摸，連帶對音樂的品味也改變了。

若是單一的異常行爲，或許只是旁觀者的大驚小怪，然而，和過去幾天的其他異常加在一起，就顯得耐人尋味了。

Chapter 17

今天是安千緹平面廣告的最後一次拍攝，安排的都是合照。

舒清和已經看過前幾次的部分照片，知道自己沒有丟藍思禮的臉，自信增長不少。

高孟璟當然在場，彼此互動難免。舒清和心中仍有疙瘩，短時間內還不能把前男友當成路人或空氣，所幸端木總能用各種藉口把人請走，減低了他不少壓力。

整個早上，拍攝工作穩當進行，模特兒們專業度滿分，也拉抬了大明星的表演水準。

午後，舒清和難得閒在休息室裡等待。

不只是他，整個攝影團隊都停頓下來，等待丁路亞抵達。對方和安千緹也有合作，與藍思禮的代言隸屬同一個系列，兩人預計在今天合拍幾組宣傳照片，創造出華麗的畫面、熱門的話題，以及一加一大於二的廣告效益。

至少廠商的如意算盤是這麼打的……假如丁路亞能夠及時趕到。

舒清和聽見工作人員議論紛紛，話題不離《盜火人》昨天出刊的內容，其中又以羅松濤和丁路亞的婚外情報導最受矚目，已經是整個圈子的熱門話題。

名聲欠佳的羅製作不是第一次鬧緋聞，媒體多半去騷擾丁路亞，他新進竄紅又年輕貌美，更容易獲得閱聽者的注目。

棚內眾人都在猜測，丁路亞遲遲未現身，很可能是受到媒體包圍追逐的影響。除了浪費掉的時間，大家還有另一項憂慮——藍思禮的耐性什麼時候會用盡？像他這種等級的大牌，向來只有別人等他，極少有反過來的情形。萬一他待會發起火來，罪魁禍首又不在，只怕是無辜的工作人員要遭殃。

於是眾人互相提醒，沒事不要接近大明星的休息室。

舒清和樂見旁人遠遠避開他，麗莎剛帶來後續宣傳活動的資料，要做的功課多得像山，根本沒有餘裕在意遲到的丁路亞。

總共有兩場宣傳活動，都是和粉絲面對面的公開活動，任何錯誤都不能重來。十年資歷的藍思禮或許能用自己的話語隨興發揮，新手上場的舒清和卻得把稿子逐字背下來才行。

過了和主持人的簡短訪談，再往下看，幾個小遊戲之後，事先中選的幸運粉絲會登上舞台，由藍思禮親手為他們刷上最酷、最時尚的銀河炫影睫毛膏。

親、親手為幸運粉絲刷睫毛？舒清和盯著那一行活動事項，希望能用意志力讓它消失。

在拍廣告之前，他從沒接觸過睫毛膏，更別提使用在眞人臉上，活動企畫對他有信心，他自己可半點也沒有。

「這個活動沒問題嗎？」舒清和努力不讓他的恐慌從聲音裡透出。

「當然沒問題，刷睫毛很容易的！」麗莎瀟灑地擺了擺手，一旁彩妝師眼裡的千百個不贊同，只有舒清和所在的角度能看見。

「你看這裡的說明，專業彩妝師會事先爲中選的粉絲夾好睫毛，然後你就輕輕沾一點，咻咻撇兩下。」

聞言，舒清和跟彩妝師都瞪大了眼睛。

「有碰到睫毛就算過關，最後再由彩妝師收尾。重點是讓粉絲沉浸在與偶像近距離互動的幸福當中，畫得美不美，那是其次。」

「萬一畫得像鬼呢？」

「藍思禮親手畫的鬼，也是眾人欣羨的鬼啊！」

「你不擔心商品的評價會被拉低？」

「安千緹不擔心，誰還需要煩惱？相信我，這是個好企畫，每個人都會很開心。」

舒清和就不覺得自己會開心，甚至有點胃痛。粉絲或許願意讓心儀的偶像在自己臉上隨意塗抹，但他身爲代理偶像，可不能眞的亂撇兩下。

麗莎風一般又出去打探消息，舒清和把握機會，向同樣待命中的彩妝師請教刷睫毛的方法。

彩妝師非常樂意，似乎也想藉機修正麗莎的「撇兩下好容易」論點。他們一個仔細教學，一個認眞學習，經過個把鐘頭，竟也得到不錯的成果。

「藍先生的手很靈巧呢！」

兩人的視線在鏡中交會，都微微一笑。藍思禮的睫毛天生纖長漂亮，正適合新手，舒清和細心又努力，在彩妝師的指導下多次嘗試，畫出來還不算太難看。

彩妝師對這位臨時學徒相當滿意，點點頭道：「接下來只需要多練習，現場活動有彩妝師支援，應該不必太擔心。」至少不必擔心會畫出鬼來。

舒清和看向鏡子，抬起手，捏著刷柄，在空中模擬了手勢。畫別人和畫自己方向不同，他還有得練習。

只是，他該找什麼人練習呢？

「丁路亞人在醫院。據說他們爲了甩掉緊追不捨的狗仔，開車繞遠路時發生交通意外。」麗莎再次出現時帶來了新消息，看到舒清和驚愕的模樣，她又補充，「不嚴重，撞到肩膀而已。」

「妳知道得好詳細。」舒清和訝異道。

「他的經紀人一直放訊息出來，連進醫院都不忘拍照。雖然我們不需要來這一套，看看那些回響的數字，還是挺令人佩服。」

受到好奇心的驅使，舒清和也滑開手機，果然在丁路亞的官方社群網頁看到多部影片，從媒體的追逐到交通意外，最後進到醫院，都有紀錄。醫院裡限制較多，不能任意拍攝，但也搭配了幾張丁路亞帶著憔悴笑容的獨照。

每一則貼文的觀看數都高得驚人，留言飛速增加，慰問的文字裡不時參雜了幾則對《盜火人》的咒罵。

「好多憤怒的粉絲。」舒清和看得心驚。

「接下來還有得生氣呢，安千緹那邊傳來消息，他們正在討論要不要解除丁路亞的代言合約。」

那倒不是什麼意外的發展，安千緹是以女性為消費主力的化妝品公司，代言人和有婦之夫傳出緋聞，當然很難繼續合作。

舒清和身為報導的主要撰稿人，寫出來的文章引起這一波混亂，導致丁路亞痛失代言，不免有些內疚。不過，腦中的另一個聲音又指出，鬧出婚外情的人也該負責任，兩位當事者都是名人，不可能不知道隨時有狗仔盯著。

然而其實一般狗仔是辦不到的，這樁婚外情，是期間限定的兼差記者藍思禮，想要拍幾張羅松濤的喪家犬照片，才那麼湊巧逮到不是嗎？

通常，舒清和的思緒打結到這種程度時，廖伯就會拍拍他的肩膀，說是天意如此，不要多想，一起去吃頓好料。

唉，他真想念廖伯，還有辦公室同仁、學姊和其他好友。大明星的物質生活優渥，隨時有人伺候，卻沒有半個能輕鬆談笑的朋友，實在空虛孤獨。

而身邊最親近的端木沐，彼此的距離雖然好不容易縮短了一點點，相處起來卻和他渴望的友情又不太一樣。至於如何不一樣，他的心裡模模糊糊，說不上來。

隨著丁路亞入院的消息傳開，當天的攝影工作也跟著泡湯。未來安千緹是否另覓代言人、再敲時間，或者合影宣傳乾脆告吹，目前都是一片混沌，沒有人能確定任何事。

提早收工，離開攝影棚前，高孟璟和同事趕過來，向舒清和鞠躬哈腰，爲浪費大明星的寶貴時間拚命道歉。

接著來的是廣告公司、公關公司，最後連根本毫無責任的攝影團隊，也滿嘴的對不起、很遺憾、多包涵……每個人都誠惶誠恐，滿臉懼意，只差沒撲倒在地，自承罪該萬死。

看大家怕成這副德性，舒清和默默在心中做了筆記，往後萬萬不可惹藍思禮生氣。

「送你到家之後，我可以去一趟公司嗎？會計部有事找我。」

回家路上，聽見端木詢問，舒清和調出腦中地圖，比較了一下住家、公司和現在位置的遠近關係。

「先去公司，再一起回家，不是比較順路嗎？」

「你會認路了？」

莫非藍思禮不會？舒清和想著。

「只、只是公司到家裡，都那麼多年了，笨蛋才不認得。」他真的盡力了，還是學藍思禮學得不像。

端木抬手擋在嘴邊，輕咳一聲，「好，你不是笨蛋，就先去公司。」

舒清和懷疑端木在偷偷取笑他，不過他才不介意，一想到不是直接回家，本來昏昏欲睡的腦袋瞬間清醒不少，心情也變好了許多。

他最近整天都待在藍思禮的屋子，外出只去攝影棚，真的好悶！即使萬象娛樂只是一棟鋼筋水泥辦公大樓，也是個新鮮的小改變。

而那棟鋼筋水泥大樓距離攝影棚不遠，舒清和當八卦記者的時候來過不少次，都是在限定的區域參加記者會。今天他改用大明星的身分，大搖大擺逛進大樓。

抵達目的地樓層，端木去會計部辦事，要他乖乖待在貴賓室喝咖啡，不要亂跑。

舒清和難得不打算聽話，身爲首位能在萬娛自由行動的八卦記者，怎麼能把時間浪費在喝咖啡？端木的身影剛消失在走廊轉角，他的腳就踏出了貴賓室。

萬象娛樂的規模很大，在業界數一數二，除了藝人經紀外，也製作唱片、代理發行外片，成績斐然，在營利方面，多年來都是集團裡的優等生。其中的一大功臣，自然便是藍思禮，他在自家經紀公司信步閒逛，每個人見了他都恭敬客氣，沒人膽敢叫公司支柱回貴賓室喝咖啡。

逛著逛著，舒清和被隱約的樂音吸引，來到一間練習室門口。

裡頭有七名少年，對著整面鏡牆一遍遍跳著同樣的舞步。指導老師在旁數著節拍，頻繁出言指正，他的表情凶惡、嗓門很大，少年們揮汗如雨，從鏡中反射能看見他們的臉上或多或少都有疲態。

舒清和從中認出幾張面孔，有人是網紅出身，有人拍過廣告，整個團體已經累積了一些追隨者，在網路上有小小的名氣，據說正式出道日近在眼前。

指導老師第一個發現門邊有人窺看，他正在示範舞步，做了幾個帥氣的旋轉，轉了兩圈，碰巧和舒清和四目相接。他停下動作，臉色倏變，原本凶神惡煞的模樣消失得無影無蹤。

再下一秒，所有視線都集中到了舒清和身上。

少年們看他，就像看到天神降臨，崇拜與仰慕堆滿在眼裡，彷彿下一秒就要倒地膜拜。

這種場面，藍思禮多半見怪不怪，舒清和這個冒牌貨，卻是心中一陣尷尬。端木要他別亂跑是對的，現在的他已經錯失掉頭逃跑的時機了。

舒清和只好盡力維持泰然自若的大前輩風範，淡淡微笑道：「出道日接近了吧？加油。」

聽見整屋驚詫的抽氣聲，他知道他又錯了，大明星藍思禮哪會在乎後輩們什麼時候出道呢？

一名少年鼓起勇氣走近他，「謝、謝謝您的鼓勵！請問，可以和您握、握個手嗎？」

還有人掏出手機，「您是我投入這一行的原因，拜託請和我們合照！」

舒清和不忍心拒絕，花了幾分鐘時間，和成員一一握手，指導老師後來也加入他們，拍了張和樂融融的大合照。

離開時，儘管他還帶著冒牌貨的心虛，但是看少年們變得神采奕奕，像充飽了電，頓時覺得日行一善的感覺倒也不壞。

舒清和看看時間，決定回貴賓室繼續喝咖啡。

途中他路過一處半開放的辦公區域，部門職員以年輕女性居多，離得最近的其中一人偶然從隔間抬頭，看見是他，長長眼睫眨了眨，露出羞澀的笑容。

一名友善又擁有長睫毛的可愛女孩子，舒清和忽然想到一個好主意，「請問妳願意當我的練習對象，讓我幫妳刷睫毛嗎？」

女孩呆住了，舒清和正要進一步解釋，另一名女職員從旁邊的隔間探出頭來，「爲了產品宣傳活動對不對？我有聽說！」她的神色和語氣都很興奮，「我願意讓你練習！我的每一根睫毛都是你的，隨便怎麼刷都可以！」

舒清和跟第一位女孩同感驚訝，後者總算回過神，向同事抗議道：「他先問我的。」

「練習對象多多益善不是嗎？我也要報名！」

「我也要！拜託選我！」

第四個聲音出現時，舒清和終於感到大事不妙。

辦公室很快沸騰起來，似乎人人都想爲大明星效勞，甚至有鄰近辦公室的人聞聲而來，要求加入「幫忙」的行列。

他太低估藍思禮受歡迎的程度，也太小看粉絲們願意做出的犧牲，他的好主意現在看起來就像場災難。

就在舒清和呈現半放棄狀態，下一秒鐘就要同意幫所有人都刷一遍睫毛時，有人抓住了他的手臂。

他被往後扯了幾步，一道魁梧的身影同時擋到他的面前。

是端木沐！他差點喜極而泣。

「很抱歉，藍先生無法接受妳們的熱心幫忙，謝謝，再見。」

端木嚴肅的聲音像一大桶冰水澆灌下來，撲滅了沸騰的熱火，舒清和被拖離現場時，還聽得見背後一片哀聲嘆氣，都在怪保鑣可惡、破壞好事。

Chapter 18

「你到底在想什麼？難道要幫所有自願的女職員刷睫毛？你知道那有多少人嗎？」

一進到無人的停車場，端木就開始數落舒清和在公司的「脫序」行爲。

「因爲我需要練習嘛！對著鏡子畫自己是不夠的，你不讓我練習，我會在活動現場出糗！」

「我沒有不讓你練習。」

「有，你就是不讓我練習。」

「我沒有，我的意思是——」

「你的意思是，你要讓我練習嗎？」

端木吃了一驚，舒清和也是一時嘴快，誤打誤撞說出口，才發覺這個全新的大好機會。

「木沐，你的睫毛滿長的……」

「不行！」端木一口拒絕，快速上車。

「這個不行，那個也不行，你要我怎麼辦？」舒清和趕緊跟上，鑽進副駕駛座。「歌迷們大老遠來參加活動，中選不容易，一定很興奮、很珍惜，結果被藍思禮畫成妖魔鬼怪，他們又該怎麼辦？我……怎麼能讓支持我的忠實粉絲承受那種尷尬呢？」他鼓起腮幫，臉上和眼裡寫滿委屈。

端木緊捏著方向盤，車子還沒起步，因爲他不能在爭執中駕駛。更精確點說，他根本就不該上車，車裡空間太窄，難以閃避來自副駕駛座的水汪汪目光。

藍思禮到底是什麼時候學會那種眼神？

「可以找麗莎，或是她團隊裡的女孩子。」

「她們住在別的地方，不能隨時隨地讓我練習。」

「隨、隨時隨地？」端木一驚，不小心轉頭看向副駕駛座。那是個天大的錯誤，對方鼓著雙頰，可憐又可愛的表情他從沒見過，而且距離也太近了！

「你知道歌迷對我有多重要。」

端木當然知道，大家都知道。他咬著牙，像個步上斷頭台的烈士，「如果我同意——」舒清和正要歡呼，端木指著他的鼻子，「如果我同意，你得保證不嘲諷、不取笑我！」

「我永遠不會嘲諷或取笑你。」

對方的語氣太眞摯，端木的眼中閃過一絲疑惑，但是他現在沒辦法處理那麼多訊息，「不准拍照錄影。」

舒清和暗暗覺得可惜，「沒有問題。」

「你還要保證，不再引起像剛才那樣的騷亂。」

「我不需要其他人，」舒清和猛點頭，咧開嘴笑，「有你就足夠了！」語音剛落，他才驚覺自己用詞曖昧，心裡一陣緊張，瞥眼往駕駛座偷瞧。

端木並沒有注意到身邊人的異樣，「你再亂搞，就別想我幫忙解圍。」

他正要發動引擎，手機先一步響起提示音，取出手機查看，社群媒體上有人標註了藍思禮。發布動態短文的是萬娛的新人，某個即將出道的少男團體，放了張合照搭配文字，拍攝背景是萬娛的練習室。

「你剛才跑去騷擾準備出道的小師弟？」

「怎麼說是騷擾呢！」

「你私底下嫌棄他們火候不足，唱功超爛就算了，何必專程去打擊那些小朋友。」

「什麼？才沒有！我只是偶然路過，爲他們加油打氣，說的都是好話！」

「哦，所以你是諷刺他們。」

莫名蒙冤的舒清和聽得氣死了，伸手奪過端木的手機，細看貼文內容。

「你看，他們不是寫了很開心嗎？大前輩的鼓勵，讓他們瞬間充滿力量，還說要加倍努力練習，不辜負前輩和粉絲的期待，是超級正面的貼文啊！」

「對，寫的都是廢話。在演藝圈，尤其萬娛旗下，你以爲有幾個人敢公開抱怨大明星藍思禮？」

到底藍思禮以前有多壞心？導致現在完全沒有辦法說服木沐！舒清和鼓起臉頰，別過頭，氣呼呼宣告，「我不要和你說話了。」

端木有一點點驚訝，不是驚訝大明星發脾氣，對方生氣火大是家常便飯，而是驚訝他在拒絕溝通時，不是使用「不准跟我說話」、「閉上嘴，我不想聽你廢話」之類的命令句。

「我不要和你說話了。」

眞是溫和的說法，端木悄悄提起嘴角。

回到家，兩人各自返回寢室，端木若有所思地拿起手機，再次檢視那則網路貼文和照片。

藝人在鏡頭前的笑容未必眞摯，但是這群精疲力盡的菜鳥功力尚淺，不難分辨其中的眞心。端木一張張笑臉看過去，竟然沒抓到半點虛情假意，反倒是打滾多年的大明星笑起來有點僵硬。

難道藍思禮說的是實話，他真的是偶然路過，好心爲後輩打氣？自己錯怪他了嗎？

向藍思禮賠罪不容易，對方每次發動冷戰，總要耗時——

「木沐，我有事想問你。」

端木轉頭的速度快得差點扭傷頸子。大明星就在他的寢室門口，笑容可掬地望著他。

他立刻抬手查看時間，五十分鐘，這不是冷戰，是小學生家家酒吧？

「不是不和我說話嗎？」

「氣完了啊！」門口那人理所當然地笑著，「而且你猜對了，其實我不是真心誇獎他們。」

「哦？」

舒清和點點頭，繼續背誦特地擬好的明星風格演說，「我只是閒著無聊，趁機享受一下師弟們的崇拜，他們開心，我很爽快，雙贏嘛！」

端木瞇起眼，對方這番話明明聽起來十分熟悉，卻莫名散發著不眞實感，不過他懶得深究，「你說你有事？」

他正要舉步到外面繼續討論，舒清和卻走進了房間。

端木詫異地揚起眉毛，不得不退後幾步。

「我想在社群媒體發文，照規定，要先給你或麗莎看過。」舒清和遞出手機，螢幕上是已經編排好的短文。藍思禮之前交代過他的注意事項，這就是其中一條。

端木從不在房間待客，房內只有一張椅子。他把椅子禮讓給雇主，自己坐在床沿，眼睛盯著螢幕。

短文寫的是今天觀看少年們練舞的感言，內容正面，文字簡潔流暢，本身沒有什麼問題。

「大致上可以，只是要在文字上減少一點興奮感，不要讓萬娛旗下的其他年輕團體太嫉妒。」

「啊，我沒考慮到那麼多。」

端木點著手機鍵盤，開始著手調整字句，「最好強調是湊巧、不經意遇見，像在講述日常的普通小事。」

床墊忽然一陷，大明星坐到他的身邊，端木手指停頓，身體微僵。工作時他們也經常坐在並排的椅子或沙發上，可這是他的床，唯有家人和男友碰過的領域……

他努力壓制心裡的異樣感受，手指在鍵盤上舞動，越打越快。只要他稍微往旁邊躲避，就有顆飄著淡香的腦袋緊隨過來，下巴都快擱到他的肩膀上了。

終於完成工作，端木迅速把手機塞回對方手裡，站起身來，「這樣就可以了。」

舒清和很快將文章看過一遍，稱讚道：「眞的，改過比較穩當呢！謝謝你，木沐。」

他仰頭一笑，從端木的俯角看過去，竟然有點可愛。

Chapter 19

藍思禮趕在關門前一刻擠進電梯。他右手抱著筆電，左手抓著手機和喝過幾口的礦泉水瓶，郵差包斜掛在肩上，匆忙中背帶扯歪了襯衫。

電梯門緩緩關起，他緩過一口氣，徒勞地拉了拉衣領，同時把手裡的三樣東西胡亂往包裡塞。毫無條理的收納方式導致包包的一側鼓起，連試幾次都關不起背包，他不由得心頭火起，當場就想把包包摔在地上，狠踩兩下。

以前他當大明星，一杯咖啡都有人幫忙端著，現在假扮小記者，所有東西全靠自己背、自己扛，只要一趕時間，就搞得狼狽不堪。

「出去跑新聞嗎？」一個半生不熟的聲音問。

廢話，不跑新聞難道吃下午茶？藍思禮抬起眼，問話的梅曦明有如時裝模特兒般倚著電梯壁面，提著單邊嘴角，好像在看什麼有趣的表演。

他的衣著依然講究，合身灰藍西裝，沒打領帶，淺藍細條紋襯衫，最上方兩顆扣子開了，暴露出一小截鎖骨。

藍思禮的腦袋自動補齊了隱沒在布料裡的部分，再加上幾顆性感的晶瑩汗珠。

夜店那天過後，他們兩人已有好一陣子沒有交集。從前，無論是偶然的一夜情，或者花錢買來的專業服務，都是一晚限定，絕無第二次聯絡，梅曦明卻是個無可奈何的例外。

藍思禮曾在長夜無聊時，想像若兩人的路徑再次交錯，會是怎樣的情形。假裝陌生人？尷尬窘迫背脊冒汗？不料，真正見面時，他只想把厚重的包包，朝那張吟吟笑臉砸過去。

光看不幫忙，還笑！他深吸一口氣，想著可憐兮兮的小記者，努力擠出一抹假笑，「是的，總經理。」接著扭頭去看控制面板，錯過梅曦明微微蹙眉的片刻。

面板只亮著地下一樓的燈號，電梯裡除了他和梅曦明，另外還有三個人，竟然沒有半個人和他的目的地相同。藍思禮於是傾身過去，按下一樓按鈕。

「不去地下停車場，你沒開車嗎？」梅曦明好奇問道。

「我沒有車。」

「哦，你把車還給你朋友了。」

這人把隨口的比喻記得眞清楚，藍思禮無法解釋，只好發出含糊的怪聲蒙混過去。

「可以搭我的車，順路。」

電梯內的另外三道視線都抬起來，望向忽然提議的總經理。

「順路？你要去哪裡？」

「我要去……」梅曦明轉開視線，苦思不到兩秒，又爽快放棄掙扎，聳聳肩，「反正道路都是相通的，去哪裡不重要。我看你的包包重得不像話，搭大眾運輸太辛苦。」

「我打算搭計程車。」

梅曦明皺起眉頭，「叫計程車和搭我的車有何不同？」

「我喜歡付費得來的服務，簡單乾脆。」

「比起免費，你更喜歡花錢？」

其餘三人的注意力已經完全在他們身上，隨著對話一來一往，視線轉來轉去，有如網球場邊的觀眾。

藍思禮在舞台上很享受聚光燈的照射，私生活則不然，尤其他現在是八卦記者，更不歡迎過度的注目。

謝天謝地，電梯終於抵達一樓。金屬門才半開，藍思禮便擠出去，卻聽見腳步聲跟著自己。

他嘆了口氣，已經猜到是誰。

「你一個年輕人，工作才兩年，家境普通，這種金錢觀和花錢方式，到底是哪裡來的？」梅曦明的聲音果然在他背後響起。

藍思禮費了好大的力氣，才把「關你屁事」四個字嚥下去。

「你另外有兼職嗎？」梅曦明壓低音量，語氣裡透著明顯的憂慮，「那天晚上，我可以感覺到你的經驗豐富，你是不是……是不是……」

「當心，你距離指控我賣淫只差幾個字而已。」

「不是指控！我是想告訴你，如果有經濟上的困難，或是其他苦衷，你說出來，公司或許能提供幫助。」

藍思禮放慢腳步，讓梅曦明趕上來和自己並肩同行。他轉過頭看向對方，梅曦明也正看著他，眼裡的憂心倒很眞切。

「我保證沒有打不良工。」他也不是完全不識好歹。

梅曦明似乎鬆了口氣，點頭道：「說得也是，你那個脾氣，不是賣淫的料子。」

「什麼？總經理認爲我沒有辦法成爲一名出色的男妓？」

此刻雖然不是午休或上下班的繁忙時段，一樓大廳仍有七、八個人正要出入，聽見藍思禮的刻意叫嚷，都駭異地定在原地。

其中最驚訝的，當屬莫名成爲焦點的梅曦明，他怎麼回答都不對，張口結舌地瞪著陷害他的壞傢伙，幾顆汗珠慢慢從額角滑落。

「他、他在說笑！」

從廳內眾人的反應看來，梅曦明掙扎半天擠出的解釋說服力不太夠。藍思禮歪起嘴角，眼裡閃著狡黠的光芒，踏著愉快的步伐走出大樓。

「不要隨便拿我的名聲開玩笑。」梅曦明也迅速逃離現場。

「如果眞的愛惜名聲，下次看到喜歡的屁股，勸你多想幾分鐘，再決定要不要黏上去。」

「其他我喜歡過的屁股，可沒有你那麼壞心眼。」梅曦明雖然嘴巴咕噥，一雙腿仍帶著他來到馬路邊，站在準備攔車的藍思禮身旁。「你眞的要搭計程車？」

藍思禮不理睬他，專心觀察路上來車。

梅曦明把雙手插進褲袋，不太贊同地搖頭，「你要是看到我的藍寶堅尼，就會改變主意。」

「我要是看到你的藍色小精靈，才會改變主意。」

在藍思禮的巨星生涯中，搭過或見過的名車無數，早已無感，隨著年紀與閱歷增加，他越來越覺得，駕駛的重要性大過座車品牌。

端木沐的個性沉穩冷靜，表現在駕車習慣上，安全與效率可說無懈可擊，搭他的車幾乎比躺自己的床還要好睡。

這陣子搭過的交通工具，沒一個令藍思禮滿意，更別想要他去搭梅曦明這種富家少爺開的跑車。

再說，這傢伙爲什麼一直跟過來？身爲總經理，難道沒有比騷擾員工更重要的正事嗎？

一輛還算順眼的計程車在面前停下，藍思禮開門上車，屁股還沒坐穩，梅曦明忽然擠進來，逼得他不得不往內挪了個位置。

「喂！你搞什麼鬼？」他瞪眼怒道。

「你剛才是在暗示嗎？你想要看看我的……『藍色小精靈』？」

「才不是！」藍思禮不小心分神，往梅曦明的腿間瞥了眼，他眞恨自己立刻就聽懂對方的意思，「我是在照樣造句，沒有其他暗示！」

梅曦明失望地癟了癟嘴，「這個照樣造句不精準。」

「你好煩啊！」

「兩位先生，你們到底要去哪裡？」

司機忍不住催促，梅曦明也期待地看著他。

藍思禮不熟悉上班族的日常運作，但以常理猜想，他一個基層員工，大概不能在光天化日之下，把總經理一腳踢出計程車。於是他壓抑住滿肚子不爽，報出了地址。

司機轉動方向盤，開始講起路線規畫，先走這條路，再上那座橋云云。藍思禮不認得路，都是左耳進右耳出。

「那個地址是什麼地方？」梅曦明問他。

「羅宋湯老婆住的地方。她的老公和知名男模亂搞，總編要我去問問她有什麼感覺。」

「你要去做這麼缺德的事？」

藍思禮斜眼瞅他，「看看說話的是誰，不正是缺德狗仔的總經理嗎？難怪有點眼熟。」

梅總經理受到譏諷，不僅沒生氣，反而微微一笑。

藍思禮翻了個白眼，懶得跟這個喜歡被凶的怪傢伙繼續抬槓。

羅松濤婚姻生變，妻子暫住娘家，地址在巷弄之中，計程車不願開進狹窄巷道，放他們在大馬路邊下車。

藍思禮在人行道上掏出手機，叫出地圖，對著螢幕一陣蹙眉瞇眼，正要舉步，梅曦明拉住他，一臉好笑地指著反方向。

「不是我走錯，是這附近的道路標示很奇怪。」藍思禮嘴硬道。

「對，都是標示的錯。」

「你偷笑的技術也很差勁。」

「沒有偷笑，」梅曦明咧開嘴，加深了笑容，「我是光明正大笑給你看。」

一旦轉進正確的巷弄，連門牌也不必確認，遠遠就看到至少五家以上的媒體，守候在一戶獨門獨院的兩層樓住家前，都抱著跟《盜火人》類似的缺德想法。

這陣子顯然沒有眞正重要的新聞需要關心，眞是天下太平，可喜可賀。

藍思禮挑了個外圍的位置，拿出單眼相機，設定好錄音筆，一切準備妥當，卻沒有目標可以採訪。

羅夫人的娘家門窗緊閉，連路人也避開這條巷子，只有偶爾幾聲狗吠陪伴著他們。

都怪那些無良媒體，害他也要跟著枯等。

無良媒體們都認得梅曦明，主動招呼攀談，順便好奇是什麼風把堂堂總經理吹來。

梅曦明輕描淡寫地說，自己對媒體工作所知有限，剛好趁這個機會，多了解旗下雜誌社平常都在做些什麼。

依藍思禮的看法，那絕對是滿嘴屁話，臨時編出來的理由。不過，以梅曦明的瞎掰能耐，算是大有進步。

小記者存在感薄弱，沒人找他社交，正合藍思禮的心意。他靠著圍牆，滑開手機，決定先關心一下另一個自己，不久前他收到通知，似乎有新貼文發布。

「現在該做什麼？」應酬過一輪，梅曦明又來到他身邊。

除了等待，藍思禮眞的說不出來還能做什麼。

出發前廖伯曾爲他解釋駐點守候的要旨，一開始拍不到東西很正常，不必氣餒，只要堅持得夠久，目標不勝其煩，便有可能現身。現身時，無論是發表聲明、破口大罵，有反應就是好素材，目標不開口也沒關係，但凡有人進出，從對方的表情和打扮，就能做文章。

梅曦明說他們缺德，倒也不失中肯。

「如果一直沒有動靜，要等多久？」梅曦明又問。

「你小時候一定把你爸媽煩死了。」

「還真敢說，你那麼牙尖嘴利，你的家人受得了嗎？」

藍思禮聳聳肩，迴避了問題。他相信小記者是乖兒子、好哥哥，跟他不同，他的童年或成長過程並不值得回憶。

圍牆內似乎有動靜，聽得見有人穿拖鞋走路，越走越靠近外側大門。

原本散在周圍閒得發慌的記者們，紛紛抓起相機與麥克風，聚集到前門。

藍思禮也不落人後，對於是不是有人現身、現身的是誰，都感到興奮期待。

外側鐵門終於咿咿呀呀打開，出來一個老先生，頭髮灰白，眼神帶點瘋狂。

每個人見狀都警覺地往後退，唯有梅曦明和藍思禮缺乏經驗，反而靠近幾步。

一大盆水冷不防潑出來，伴著老先生的連串喝罵。

梅曦明和藍思禮離得太近，逃避不及，瞬間被潑了滿頭滿臉，連衣褲都慘遭毒手，濕淋淋的。那個水還帶著油膩，散發詭異的酸味，藍思禮伸手去撥頭髮，甩下幾片爛菜葉……這莫非是、是餿水？

驚嚇的程度實在太強烈，藍思禮的大腦空白了兩秒，連大叫咒罵的能力也短暫喪失。

外側鐵門旋即關閉，四周陸續響起嘻笑，他的眼前陡然一黑，有東西蓋住他的頭和臉。儘管餿水的酸臭濃烈，他仍然嗅到一絲不陌生的香水味，來自梅曦明的西裝外套。

對方同樣被潑了一身，外套當然也被弄髒，拿這樣的東西蓋到他頭上幹什麼？

藍思禮正要發怒，耳朵先他一步捕捉到熟悉的快門喀嚓聲。他立刻閉上嘴巴，同時聽見梅曦明說話。

「好了好了，這算什麼新聞，你們就不能做點其他正經事嗎？」

他很快意會過來，那些窮極無聊的記者們轉移了目標，想拍他們被潑滿餿水的搞笑照片。他緊緊抓住外套，不敢露臉，無論外表是不是眞正的自己，他都不願意留下紀錄，供人取笑。

接著，藍思禮感覺到有人拉著他的手臂移動，他猜是梅曦明。對方和嘻嘻哈哈的記者們又交換了幾句對話，笑聲越來越遠，漸漸地，都聽不見了。

外套被拿下來時，映入藍思禮眼中的是一片綠。

綠樹綠地，地上石徑交錯，更遠處有幾座五彩繽紛的遊具，兒童嬉鬧聲隱隱傳來，他們走到了社區公園。

梅曦明拉著他在木頭長椅坐下，藍思禮一秒鐘也不能再忍，立刻從包包翻出濕紙巾，著手清理滿身的髒汙。

備受騷擾的當事人家屬生氣潑水，情有可原，趁機搶拍旁人落難的記者群，就可惡得很了！他邊擦邊罵，罵到後來都在埋怨小記者的混蛋同行。

「他們是因爲我才想要拍照，害你受到牽連。」梅曦明似乎不急著擺脫身上的油膩，只看著藍思禮忙。他已經拿回外套，隨手甩了兩下，擱在一旁，「考慮到你這麼照顧外表，我猜，你不喜歡被拍到狼狽的模樣。」

藍思禮抬起勉強擦乾淨的臉看去。梅曦明的情況也差不多糟，頭髮濕了、亂了，襯衫變色發皺，原本性感的鎖骨現在油滋滋的，還沾著可疑的暗色異物。

明明處境這麼悲慘荒謬，梅曦明卻在笑，笑容在餿水油光的加乘下，竟然還閃閃發亮。

藍思禮微微揪起困惑的眉眼，越來越搞不清楚現在是怎麼一回事。

噙著迷人與輕浮兼具的笑容，梅曦明挪近了一點，朝藍思禮低語，「附近有家不錯的飯店，大概十分鐘路程。要不要一起過去，花個兩小時左右清洗整理，換掉髒衣服，順便見見我的……『藍色小精靈』？」

Chapter 20

「天啊，你喜歡我？」藍思禮震驚道。

「我沒有！」梅曦明竟也跟著震驚，「我只想約你上床！」

「你可以再大聲一點，巷子裡的那群記者還聽不見。」

梅曦明知道對方故意誇張說話，脖子還是忍不住伸長了，朝記者群的方向遙望兩眼。幸好距離夠遠，沒有動靜。

再開口時，他放低了音量，公園鄰近大馬路，時時有路人穿越，還是小心爲上。

「相信你也跟我一樣，經常想起那一晚。」

「完全沒有。」

梅曦明擺了擺手，把這個回應歸類到嘴硬、逞強，不足採信。

「不覺得我們之間很有默契嗎？合適的床伴難尋，就這樣放棄彼此實在太可惜了，至少應該嘗試一段時間。」

「你提議我們成爲炮友，直到其中一方膩了？」藍思禮問道。

梅曦明連連點頭，微笑又回到嘴角。「溝通」的開頭雖有些誤會，不過現在已步上正軌，他感到胸有成竹。

「好，我已經膩了。」

梅曦明的笑容僵了一下，他不敢相信自己的耳朵，「才一次而已，你不可能是說眞的！」

藍思禮確實沒說眞話，但他自知不能以小記者的身分同意這種長期關係，換回明星身分之後更加不可能，總之，他們之間行不通。

「我就是這麼任性，三分鐘熱度。」藍思禮又在包包裡翻找，香水沒帶在身邊，拿出的是止汗劑。他往手臂試噴兩下，淡淡清香壓不過餿水的強勢，反讓氣味變得更詭異。他厭惡地皺起鼻子。

竟然在渾身骯髒噁心的狀況下收到性邀約，他不知道該質疑梅總的腦袋不對勁，還是欽佩對方的胃口好。

「外界都說你風流，是個花花公子，你就要對得起你的名聲，遵守遊戲人間的規矩，一夜情就是一夜情，事後糾纏太不上道。」

「『糾纏』兩個字太嚴重了吧？」梅曦明接過遞來的濕紙巾，略略整理了一下儀容。油漬和菜渣擦得掉，布滿他臉上的懊惱卻不然，「我也不願意破壞規矩，這陣子陸續約過其他人幾次，結果就是……他們就是……他們就不是你。」

他的說法和語氣讓藍思禮瞪大了眼，「你就是喜歡我，還否認！」

「才不是！你又沒有我喜歡的漂亮臉蛋！」

梅曦明急得口不擇言，藍思禮聽了滿肚子火氣。小記者的門面，他可是花過大把心思打理，即使不符合普羅大眾對美麗、漂亮之類的定義，也算得上斯文清秀，抓對角度明明就十分耐看！

「難道我就喜歡像你這種油膩的男人嗎？」

「油、油膩？」從來沒人說過他油膩！

「你光是坐在那裡呼吸，就自然而然生出一股油膩感，油然而生就是在說你。」

對方故意亂用成語，梅曦明覺得好氣又好笑，「你用這種態度對待上司，當心飯碗不保！」

「有膽你可以試試看，不知道誰會相信兩年來盡責勤勉、溫和謙遜的模範員工舒清和的態度有問題？」藍思禮歪了歪嘴角，笑得不懷好意，「啊，說不定是性騷擾下屬不成，因惱羞而公報私仇的總經理，比較容易丟飯碗呢！」

梅曦明猛抽一口氣，嘴巴張開來，卻驚訝得擠不出半句話回應。

那是威脅嗎？他被部屬威脅了嗎？遭到威脅應該怎麼辦？眼前這個年輕人小他十多歲，涉世未深，說話多半是一時衝動，他可是堂堂總經理，難道還不能搞定一名小小員工？

然而，他只要想到如何「搞定」，腦裡出現的淨是豔色無邊的畫面。顯然他最想在床上搞定對方，讓那張雖不符他的慣常喜好，卻莫名迷人的臉蛋，染成豔麗的玫瑰紅，讓喘息和呻吟，取代嗆辣的言語……

他不知道這是怎麼回事，他忽然有點怕自己風流的名聲，眞的要一去不回。

藍思禮看他的臉色忽紅忽白，目光彷彿失去焦點，以爲威脅有效，哪猜得到對方的思緒老早飛出了談話主題。

「爲了你好，今天這些對話，我就大發慈悲，當作從沒發生過。」

梅曦明終於回過神來，「你眞的拒絕我……」不是故作姿態，不是吊人胃口。

他仰起頭，視線跟著起身準備離開的藍思禮移動。他的表情複雜，其中又以錯愕居多，隨著時間分秒過去，落寞的成分漸增。

從藍思禮的角度看去，那副嚴重受挫的模樣倒有些可憐，他多多少少了解對方的心情，忽然遭人拒絕應該如何調適，他自己也還沒學會。

「我會找同事來幫忙，你最好也快點走，待得太久，路過的行人都會丟錢給你。」他這樣說應該算是不錯的安慰吧？

最後，趕來救援的是廖伯，他和藍思禮在巷口見面時，梅總已黯然離開好一陣子。

藍思禮對他說了來龍去脈，廖伯盡情大笑後，秉持著同事情誼，開車送藍思禮回家，還幫忙接下騷擾羅夫人的缺德任務。

潑餿水的老先生，無論是羅夫人的哪一位長輩，都痛快發洩過了，大概好一段時間不會再有人出來，今天的任務恐怕是零進度。其他幾家媒體倒有個小小斬獲。

藍思禮徹底洗過澡，把自己裹進乾淨衣物，躺到沙發上滑手機時，已經能在新聞網站看到照片，他們渾身餿水的糗樣，被歸類在社會趣聞。

那的確是一張充滿趣味的照片。梅曦明既狼狽又無奈的身影，是記者們瞄準的重點，占據了照片的大半空間，他的表情似笑非笑，一隻手舉在面前像要擋住鏡頭，另一手往後伸，正把什麼東西推到背後。

藍思禮當然認得出是誰藏在梅總背後，其他人只會瞄到西裝外套和手肘的一小部分，即使意識到外套下有個人，大概也不感興趣。

眞是謝天謝地！

梅曦明猜得沒錯，藍思禮非常介意入鏡時的模樣，以前狗仔偷拍他的角度不佳，他都會發好大一頓脾氣，何況是今天的慘狀。無論他和梅曦明鬥嘴時互相說過什麼，那份體貼在他心中的價值，都沒有減少半分。

對方還說中了另一件事，他的確悄悄回味過那一晚，不只一、兩次。若是不管其他因素，從純粹享樂的觀點來看，梅總的邀約，其實也不是那麼糟糕的主意，偏偏他不能不考慮其他因素。

藍思禮又端詳起照片，梅曦明先遭遇餿水，接著應付來自四面八方的閃光燈攻擊，神色卻很從容，不慌不亂。他被自己拒絕的時候，看起來可要糟糕得多了。

梳洗乾淨後的此刻，餿水的酸臭味被逐漸遺忘，但是藍思禮還記得染在西裝外套上的濃烈香氣。他彎起嘴角，勾出一抹笑，手指往螢幕點按，將照片儲存下來。

✦

廚房吧檯邊，舒清和端坐在高腳椅上，手邊擺了各種工具，包括卸妝用品、預先開好網路教學影片的平板，以及好幾支廠商贈送的銀河炫影睫毛膏。

端木沐在一條手臂的距離外，雙唇緊抿，眼睛盯著被塞進手裡的睫毛夾。

周遭氣氛緊繃，靜止不動的兩人像對峙中的西部槍手。

「你答應過的……」舒清和小聲提醒。

端木全身顫了一顫，彷彿觸電。

幾分鐘後，他嘆出一口長氣，終於放棄抵抗。他身為藝人助理，經常見到彩妝師工作，對上妝用具和流程並不陌生，他知道，在處理睫毛的步驟當中，夾睫毛是最簡單俐落的部分——尤其當你抱著視死如歸的決心時。

他再三提醒自己，世上有無數男性化過妝，他們都還抬頭挺胸活著，沒有少掉半塊肉……端木咬著牙，快速完成任務，抬手立即把金屬夾拋到吧檯上，好像燙著了般。

「你做得很好喔！」舒清和開心道：「並沒有很難，對不對？」

然而，要他直視端木的眼睛卻有點難。

即使有千百個不願意，端木並沒有馬虎行事，睫毛夾得扎實，小小的彎曲弧度放大了雙瞳，原本已經夠犀利的眼神，也瞬間增強加倍，睫毛膏都還沒抹上去呢！

假使舒清和先前還沒有意識到端木的吸引力，現在無疑是個強烈的提醒。他悄悄做了幾次深呼吸，掩飾緊張的心情，同時等待擂鼓般的心跳慢下來。

「我可以……再靠近一點嗎？」

接收到僵硬的點頭許可後，舒清和小心翼翼縮短距離，動作不敢太快、太大，像在誘哄一隻野生動物，而那隻野生動物，正用極不信任的目光，盯著他手裡的刷具。如果睫毛刷有感覺，多半已經簌簌顫抖。

「刷睫毛不會痛，別害怕。」

端木一瞬露出受到冒犯的神情，「你一直在用哄小孩子的語氣。」

舒清和不打算否認，「不要盯著睫毛刷看，感覺比較不可怕。」

「有東西靠近我的眼睛，我不會把目光移開。」

「我不是要攻擊你。」

端木不置可否，彷彿舒清和真的有可能加害他。

舒清和忍不住笑，「聽說你以前是特種警察，出生入死，執行過許多危險的任務，現在只是上一丁點的妝，相較之下，應該很輕鬆才對。」

「你可能會很驚訝，許多弟兄寧願出生入死，也不願意減損半點男子氣概。」

「刷睫毛會減損男子氣概嗎？就算是，我也從不覺得男子氣概是多麼重要的東西。」

「恐怕有許多人無法同意你。」

舒清和的動作頓了頓，他不太確定端木聲音中的酸澀，是否是自己的想像。

「那是他們管得太多，男子氣概和女人味就像集郵、健行或園藝，都是個人喜好，不關其他人的事。」

「個人喜好……第一次聽見這種說法。」

舒清和微微紅了臉，「當然你會覺得好笑啦！」他一時忘形，說得太多了，每當他難得表達自己的想法，結果總不怎麼理想。

「我沒有覺得好笑。」端木正色道。

舒清和快速掃了他一眼，沒膽追問他有什麼其他感想，端木也沒有接續這個話題，兩個人的注意力都重新回到睫毛上。

老實說，睫毛被刷具碰觸的感覺，意外沒讓端木感到討厭。最初像羽毛搔過肌膚，微微地癢，後來慢慢適應，相信自己的雙眼不會被戳瞎，他開始緩慢移動目光。

兩人都坐在高腳椅上，他垂下眼的角度，剛巧落在舒清和的嘴唇。後者正因爲專注而咬著下唇，一會兒之後又鬆開，唇瓣濕潤，看得見小小的齒痕。

鼻端彷彿又飄進前些天在床邊嗅到的淡淡香氣，端木很快轉開了目光。

舒清和沒留心對方的視線游動，他的全副注意力都擺在自己的手腕、指頭和端木的睫毛，連呼吸都不敢太大口。

爲了避免一失手成千古恨，他沾取極少量的睫毛膏，動作也還生澀，但在重複刷過一遍、兩遍……第五、第六遍，拉長的視覺效果終於慢慢出現，成就感堆積起來，連心情都放鬆了些許。

「我可以問你一個問題嗎？」他的勇氣也補回來了。

端木沒有立即回絕，舒清和大著膽子繼續問。

「你爲什麼離開警隊？」

「換一個問題。」

「哦……」拋開輕微的氣餒，舒清和又問，「那麼，可以告訴我，你選擇這份工作的原因嗎？只、只是好奇，因爲這兩項工作的跑道離得有點遠。」

又是一陣沉默，舒清和以爲不會得到答案，幾乎要放棄時，端木才緩緩開口，

「我爸非常瞧不起演藝圈，我接受這份工作，是故意要氣他。」

這個理由聽起來真不像正經成熟的端木沐會說出口的，舒清和驚訝得忘了手邊的工作。更驚訝的是，端木竟然願意接著解釋。

「我們一家人，包括弟弟、叔叔、姑姑，多數都在警界服務。我的第一個工作，嚴格說來並不是一個選擇，而是自出生就接收到的責任。」他頓了頓，「我爸在警界很受到敬仰和信賴，得過不少獎章，你甚至能找到一些正面的新聞報導。外界不知道的是，他在家中是個令人喘不過氣的存在。可以說我已經達到忍耐的極限，目前正處在他不承認有我這個兒子，而我缺乏意願求和的階段。」

若問舒清和的直覺，端木父子失和，很可能跟先前提及的男子氣概有關，但是他嚥了下去不提。直覺另外告訴他，那是個還不能碰觸的敏感話題。

「我不敢說我懂別人的家庭問題，」他微微一笑，舉起一面小鏡子，「不過我敢說，討厭演藝圈的令尊，如果知道你現在擁有跟外星人同樣捲翹的睫毛，他絕對會火大，讓你朝向氣壞他的目標多踏近幾步。」

端木望著鏡中的自己，一怔之後，輕聲笑了。

看見他笑，舒清和的心情也跟著飛揚起來。

自轉換跑道以來，端木接收過許多「好意」，普遍都在爲他的父親說話，勸他先低頭，極少人認同他的做法，或者像現在這樣，企圖逗他開心。

笑聲最終消散在空氣中，端木的眼裡卻還殘留著一絲溫暖，「你變得跟以前很不一樣。」

聞言，舒清和差點失手摔掉鏡子。

先前的心情緊繃如果算是緊張，現在的程度就是恐慌了，舒清和覺得自己應該趕快說些什麼。可是他的心臟都快跳出胸膛，他的腦袋還遲遲找不到一個能蒙混過關的說法。

只聽端木又說：「你很容易因爲小事開心。昨天麗莎帶來一盒餅乾，你高興了整個晚上。」

他的語氣平和，不像責問，而是單純陳述客觀事實。

「因爲那個牌子的餅乾很好吃。」舒清和囁嚅道。

「你沒有事先細看餅乾成分。」

「麗莎不會帶含有過敏成分的食物給我。」

「你也沒有計算熱量。」

「我每天都有運動，偶爾吃幾片餅乾不要緊。」

端木失笑，「所有你的反常行爲裡，『每天都有運動』最不可思議。以往，不到演唱會前三個月，你絕不可能開始鍛鍊，一旦開始鍛鍊，你必定每天抱怨，每天都不開心。」

這件事真的找不到藉口，舒清和放低了頭和聲音，「我知道我近來有點奇怪，但是我保證，一切都會恢復正常，你只要多忍耐一陣子……」

端木伸手輕捏著舒清和的下巴，抬起他的臉。如果是從前他熟悉的那個大明星，他根本不會主動碰觸他。

「你的眼神也改變了。」

提到眼神，舒清和的視線不由自主地被木沐的眼睛吸引。也許安千緹的睫毛膏真的有神效，彷彿有整個銀河藏在那雙眼裡，他看得出了神。

端木微微蹙眉，拇指還放在對方唇下的小小凹陷處，「你打發無聊的方式，以前我不介意，現在……你做的這些事，如果依然是同樣的意圖，你得停下來。懂嗎？你必須停止。」

他的語氣嚴肅且鄭重，可是舒清和聽不懂他在說什麼。

「我、我沒有做什麼事啊！」

Chapter 21

那天的對話後來沒有繼續，舒清和看不懂端木陷入深思的表情，對方也不多加闡釋，接下來的練習都在沉默中度過，氣氛微妙。

數天後，舒清和進棚爲安千緹拍攝動態廣告。

廣告導演追求意境，影片沒有台詞，沒有實質劇情，沒有角色之間的互動，拍攝時也類似平面廣告，都在綠幕前裝模作樣。

有時舒清和被要求沿著地板上的標示膠帶走來走去，從這一頭到那一頭；有時要他在攝影機正前方慢慢抬頭，再慢慢把視線移向鏡頭外，注視器材助理的右邊耳朵；有時什麼也不做，由攝影機繞著他轉，大型風扇呼呼吹，他只需要盡力迎著風睜大雙眼。

說起來都很容易，流暢的連續動作，卻難倒了舒清和這個冒牌貨。他開始得有些掙扎，記住走位就遺漏了表情，表情到位卻忘了目光該往哪裡擺，就算全部做對了，卻又不夠生動自然。

或許是代言人的星度太高，沒有人在反覆的拍攝中顯出不耐，包括導演都表現得極爲寬容，努力變化出各種能幫助大明星放鬆的拍攝技巧。

這一切全是壓力，做得不夠好是壓力，旁人的遷就更是壓力，舒清和從來不是在壓力下越戰越勇的類型。

趁著空檔，造型師趨前爲他整理頭髮，端木也拿著礦泉水過來。

舒清和接下水瓶，喃喃道了謝，神情略顯委頓。

「何必愁眉苦臉，他們已經拍到足夠剪接的鏡頭，今天的拍攝沒有你以爲的那麼糟糕。」

舒清和停住動作，望向說話的端木，「咦，可是——」

「重複拍攝的部分，是因爲他們認爲你能做得更好，我也覺得——不，不是覺得，我確實知道你能做得更好。」端木放慢語調，注視著他的雙眼，「我就是知道。」

舒清和只是呆呆地看著他。

「不相信你能做得更好，就是不相信我的眼光。事實是，那些質疑我的人，通常都是錯的。」端木還露出微笑，「你不是其中之一吧？」

舒清和愣愣地搖了搖頭。他不懂拍攝細節，無法判斷眞假，甚至有點懷疑，端木是在報復自己爲他畫睫毛時，鼓勵他的小孩子用語。

然而，端木的微笑還在，不像前幾次總是迅速消失。他的心中忽然湧起一股難以解釋的渴望，盼望那抹笑容停留得越久越好，即使那代表他必須在鏡頭前豁出去，扮一名顛倒眾生的偶像巨星。

「我是第一次爲藍先生工作，沒想到他是這麼單純的人。」退到後方的造型師掩嘴輕笑。不遠處的大明星多添了先前缺乏的鬥志與自信，忽然變得閃閃發光，只因爲幾句簡單的鼓勵。

她抬頭不經意地迎上端木銳利的目光，心中一驚，擔心自己是不是說錯了話，卻見對方舉起食指，豎在唇上，神神祕祕道：「請不要宣揚出去。」

接收到端木打氣的舒清和並沒有立刻表現一百分，他從及格邊緣逐漸往上提升十幾分，最後終於讓所有人都滿意，拍攝成果即使不到九十分，也有八十五分。

將近正午，他帶著精神上的輕微虛脫返回休息室，換上第二套裝扮，喝杯咖啡時，已經不再因爲緊張而胃痛，還能犒賞自己一點零食。

等待導演再次召喚的時候，他聽見門外的吵鬧聲。

藍思禮並不是存心製造騷亂。

今早在《盜火人》編輯部出現了危機，預定下期刊載的人物專訪，因爲受訪對象的舉棋不定，已確定不可能趕上出刊日。

大伙兒開會討論解決方法，久久得不到結論，該則專訪是下一期的重點，沒那麼容易找到同等級的名人來救火。

藍思禮見機不可失，便提議用藍思禮代替，專訪地點選在大明星的私宅，在這個從未公開的神祕領域，談論他在工作以外的生活樣貌、參觀他的屋內布置、欣賞部分收藏品。

那是個成功率趨近於零的天眞企畫，然而伍總編火燒眉毛，手上的選擇不多，便同意讓他去碰碰運氣。

於是他來攝影棚找小記者，假裝遊說專訪，實則是通知小記者這個決定，順便偷空享受半日悠閒。

倒楣的是，他一拐進走廊就遇上端木沐。對方的態度非常堅定，任何理由都不接受，硬生生將他攔下。

藍思禮本來可以先撤退，再打電話給小記者，但是他看著自己和端木之間大幅縮短的身高差，又看看身上增添的肌肉量……

小記者不是建議他嘗試一些平常做不到的事嗎？怎麼能放過正面和肌肉男以力量決勝負的機會呢？

孰料端木這一堵鋼鐵壁壘的強度遠遠超出預期，無論他如何推擠衝撞，都不能撼動半分，氣得他跳腳罵人。

端木並不跟著動手，只是穩穩擋住，嘴裡跳針般重複著請對方離開。

舒清和從休息室探頭出來，正是兩人糾纏不休的時候。

藍思禮首先看見他，立刻揚聲叫嚷：「來得正好，快叫看門狗讓開！」

「這位媒體朋友非常堅持，說你一定願意見他。」端木不回頭地說。他稍微移動身軀，提前卡住想趁隙擠過他的賊頭賊腦記者，「沒聽麗莎說過你今天有約記者採訪。」

藍思禮插嘴道：「幹嘛什麼都問麗莎，她是典獄長嗎？藍思禮是囚犯嗎？」說著用手背往端木的胸膛拍了兩下。

端木咬住牙，雙手握成了拳頭，他不是沒遇過無禮的記者，無禮到這種程度的卻是少見。

「你們兩個別吵架，有話慢慢說！」目睹自己的肉身和端木起衝突，舒清和感到既怪異又不安，「我沒有約採訪，他是……來探班的朋友。」

端木猛然轉身，眉頭打結，「探班的朋友？」他的雇主有朋友？

「不是早跟你說過我是朋友嗎？」

藍思禮朝端木做了個得意洋洋的勝利手勢，這次，他擠過防線時沒再受到阻攔。

他走到舒清和面前，打開包包一陣掏摸，扔給對方一個紅色錫罐，「廖伯特地幫你留的。」

舒清和看了眼罐上的金色華麗外文，是歐洲來的糖果，難得廖伯記得他喜歡精緻包裝的小零食，藍思禮特地為他帶來又更加難得。他喜不自勝，連聲道謝。

端木看著他們互動，眉頭越皺越深，兩道眉幾乎要連在一起。他的雇主還朝他微笑揮手，然後和所謂的「朋友」相偕走進休息室。

他不喜歡那位八卦記者的態度和神情，更不喜歡那兩人親親熱熱在一起，但是他弄不清楚自己的情緒從何而來。

休息室內沒有其他耳目，藍思禮挑了張最大、最舒適的沙發，像個大老爺般抬起腿，擱在矮桌上。剛才端木驚愕的模樣讓他十分滿足，他捨棄電子通訊親自前來，有一半也是為了享受這個效果。

「木沐要去哪裡？」藍思禮問。

「他去對街買手搖飲料，說是要……獎勵我的表現，大概十分鐘後回來。」

獎勵？藍思禮瞇起眼。端木為他工作的兩年間可沒有這種行為，小記者在回答時，微微臉紅和莫名結巴也非常可疑。

「謝謝你來探班！」好久沒遇到熟人的舒清和開心極了，已經忙碌起來，先幫藍思禮倒茶，再推薦各式各樣好吃的點心，「工作方面順利嗎？」

「我正是為了工作而來。」

藍思禮一面吃喝，一面為舒清和解釋編輯部遇到的困難，以及他提出的解決方案。

「哼，編輯部裡有幾個蠢蛋竟然敢嘲笑我，說這個企畫不可能成功。」

「因為你從來不讓媒體碰觸你的私生活！」雖然像是作弊，舒清和依舊忍不住雀躍，「你確定要公開你的住處內部？可以刊登照片？你真的不介意？」

「以前很介意，至於現在……」藍思禮聳聳肩，「已經有記者住進去啦！世界也沒有因此毀滅，我的堅持忽然變得很無謂。」

身為那個住進去的記者，舒清和歉然道：「不知道這樣算不算安慰，我沒有在你的屋裡四處窺探你的隱私，只看工作需要的資料，啊，還有幾本書架上的科幻小說。」

藍思禮嘆了口氣，一點都不意外。他實在搞不懂，為什麼小記者選擇當一名八卦記者，對方根本沒有八卦的靈魂。

「總之，你把訪綱寫出來給我，我拿去向麗莎提出專訪邀請，麗莎再拿來問你，你點頭同意，大概是這樣的流程沒錯吧？」

「是沒錯啦……」

「記住，你一定要向《盜火人》指定你自己，不能有第二個人參與，我不要其他記者踏進我的家門。」

「好、好的。」舒清和緊張地深吸一口氣，「專訪不簡單呢，有好多準備工作，我得趕快開始。」他的資歷淺，少有機會負責這麼重要的文章，既興奮又怕搞砸。

藍思禮嗤了一聲，「以我們現在的狀況，沒人能做得比你好，放輕鬆點吧！」

舒清和可沒辦法放輕鬆，他的腦袋已經開始全速運轉，條列各種訪前準備，當敲門聲響起，他沒心思多想，隨口喊了聲請進。

不巧，進門的是安千緹的兩位專員，高孟璟一眼看到前男友懶在沙發上當大爺，臉上現出詫異神色，接著又迅速別開視線，假裝不認識。

「藍先生，關於下週的現場活動，有幾件事要向您報告。」

高孟璟流暢地說，舒清和點著頭聽，兩個人卻都忍不住偷眼往沙發上的大老爺瞧。

高孟璟在公開場合假裝不認識他是慣例，舒清和鬱悶歸鬱悶，倒沒什麼好訝異。他疑惑的是，怎麼連藍思禮都一副看到陌生人的模樣，悠悠哉哉斜躺在沙發上滑手機，好像安千緹的兩位專員並不存在似的。

高孟璟報告完畢，鞠了躬要離開，餘光掃到沙發上的人，胸中忽然有股強烈的不悅。他在外總是無視男友，當男友抗議時，他還會生氣，現在立場反過來，他竟感到自尊受創，難以忍耐。

「小和？」高孟璟喚道，語氣帶著虛假的輕快，「真是嚇我一跳，你在這裡做什麼？」

藍思禮隔了兩秒才抬頭，朝高孟璟瞇起眼。

「我來這裡做的事，叫做『關你屁事』。」他不喜歡對方的笑臉，一看就是假的，他從來不太給假笑的人面子，「還有，『小和』是給親朋好友叫的，你不要裝熟啊！」

「呵，隨便你說吧！你當我是陌生人，看到你精神奕奕，我依舊爲你高興。」

藍思禮困惑地望著高孟璟。

室內沉寂下來，高孟璟回望的神情同樣越來越困惑。

唯有旁觀的舒清和恍然大悟，藍思禮記憶人臉的能力實在太差，已經把短暫見過面的高孟璟給忘記了。

「難道……他就是你提過的前男友嗎？」舒清和低聲提醒。

經他這麼一說，藍思禮終於認出人來，「哦，原來是你，難怪有點眼熟，買到牛奶了沒有？」

高孟璟的眼角微微抽動，強笑道：「你對藍先生提起過我？都說了什麼？」

「你現在是不是好害怕？」藍思禮翹起長腿，咧開嘴嘻嘻笑，看在對方眼裡，滿滿都是惡意。

高孟璟的笑臉終於垮下來，他著急地轉向舒清和，他眼中的大明星。

「藍先生，無論此人說了什麼，請您千萬不可輕信！他、他的情緒不穩定，經常幻想一些不存在的事，他還有暴力傾向，曾經拿著殺傷力強大的武器追打我！要不是我連夜逃離公寓，恐怕早就登上社會新聞。」

舒清和睜著大眼，不敢相信自己的耳朵。

而高孟璟還在繼續說著，「拿這些私事煩擾藍先生實在萬分抱歉，如果您和他相熟，請務必勸他接受專業的幫助，我……我已經無法再多做什麼了……」

舒清和知道他們分手的過程不愉快，親眼看著前男友汙衊自己，又是另一種等級的震撼。如果他不是當事人，光憑高孟璟痛心疾首的語氣和表情，說不定眞會相信對方口中的「那個人」有心理疾病，需要就醫。

在他越想越怕的同時，藍思禮笑了出來。

高孟璟正色道：「你需要幫助，這不好笑。」

「從我的視角看，簡直要笑破我的肚皮。」藍思禮冷笑一聲，轉向小記者，「煩死人的鬧劇該結束了，叫他們出去。」

「你怎麼那樣對藍先生說——」

舒清和卻打斷了他的話，「不好意思，我和舒先生有事商量，可以請你們迴避嗎？」

「可、可是……」

見高孟璟傻在原地遲遲沒有動作，藍思禮可沒有多餘的耐心，「藍先生，你打開手機通訊錄找李靜慈經理，問問他都是怎麼教育手下，要做到什麼程度才能趕他們走？」

舒清和習慣聽命行事，真的乖乖照做，拿起手機。

不必等到他滑開通訊錄，嚇得面無血色的兩位安千緹專員已經反應過來，連聲致歉之後，緊接著，腳步聲和關門聲響起。

舒清和對著剛剛閉上的門板愣了一會兒，默默關掉手機螢幕。

「你還是可以打那通電話。只要一句話，你能讓他在公司的日子很難過，升遷落後於所有同期。」

舒清和搖搖頭，「不用了，我不想影響他的任何事，不想再和他有任何關聯。」

他的要求真的不多，只希望好聚好散。高孟璟卻隨口在旁人面前胡亂造謠，就算是藍思禮激出來的，把他說成一顆不定時炸彈，好像從前沒有半分真感情，實在傷人。

他眨動眼皮，管不住幾顆淚珠滾落下來。

「怎麼回事？」

藍思禮循聲轉頭，端木正走進來，一隻手還搭在門把上，表情彷彿剛剛被雷劈中。

他似乎沒注意到第三個人的存在，筆直走向舒清和。

「怎麼回事？」他第二次詢問，聲音更低、更急切。

舒清和抬頭看他，更多眼淚滑下。

端木一時忘我，伸出手去，輕輕抹掉對方臉頰上的淚珠，眉頭因專注而微微蹙起，看得一旁的藍思禮目瞪口呆。

端木喜歡楚楚可憐的小動物！難怪以往他使盡渾身解數，就是不起效用，原來是類型差得太遠。

藍思禮竊笑一聲，「這個舉動不太妥當吧？」

端木觸電般收回手指，轉頭又看見那個八卦記者，「你還在！你對藍先生做了什麼？」他大踏步走來，臉上烏雲密布。

藍思禮立刻從沙發起身，不敢再裝從容。

一年多來，他都是端木提供安全感的對象，今天初次站到對立面，才真正感受到，他的保鑣兼助理的威嚇力有多強大。

但是他要強好勝，不肯後退半步，硬是揚起嘴角，「想幹嘛？大明星的休息室，可不是殺人滅口的好地方。」

「你到底做了什麼好事？」

舒清和急忙拉住端木的手臂，「不是他的緣故！他沒做什麼，是我……我的眼睛不舒服……」

端木當然一點都不信，「這裡不歡迎記者，請立刻離開。」

「我希望他留下。」

「看起來你的雇主比較喜歡我呢！」藍思禮得意笑著。

舒清和驚訝極了。或許他希望留住八卦記者的要求很突兀，可是藍思禮爲什麼要火上加油，故意刺激端木？不久前特地拜託他好好照顧端木的，難道不是藍思禮本人嗎？

舒清和朝藍思禮猛使眼色，卻遭到端木的錯誤解讀，後者的神情陰沉得像寒冬雨夜，半小時前的溫暖微笑，彷彿都成了昨日的幻覺。

「眞的？這也包括在你那些奇奇怪怪的改變當中嗎？和八卦記者做朋友？」

「別聽他的，」藍思禮搶著說：「助理管不到那麼多，即使是麗莎也沒資格。」

「你寧願聽這個記者的話嗎？」

舒清和的視線在兩人之間來去，爲難得不得了。

這時，來敲門請大明星進棚的工作人員簡直是救世主，舒清和連聲說好，拉著端木急匆匆就走。可不能讓對方和藍思禮在休息室大眼瞪小眼，誰知道會不會發生什麼災難呢？

前往攝影棚的路上，端木仍不放棄，不斷勸告交友要三思。

「你是不是……嫌棄八卦記者？」舒清和小聲問。

「我對他的職業沒有意見。」

「喔，所以你嫌棄的是那一位特定的記者。」舒清和的一顆心沉得不能史深，「爲什麼呢？之前在萬禧飯店的側門外面，你明明很友善。」

「他告訴你了？」端木對這種小細節已經不再感到意外。「我想他也知道你哭泣的原因。」

舒清和沒有否認。

「但是你不打算告訴我。」

「不是什麼很重要的事，」舒清和囁嚅道：「我只是一時心情不好。」

端木嗯了一聲，聽不出是信還是不信，也聽不出情緒。

舒清和急忙又解釋，「他最近經歷了生活上的重大改變，很辛苦，不是故意要惹毛別人，或許你可以……稍微寬容一點？」

端木沉默不語，只是一個勁地往前走，他的步伐不快，兩人穩定保持著半步距離。

從舒清和的角度，看得見對方緊抿的唇線、繃得僵硬的肩膀，也看得見端木對他所說的話並不贊同。

舒清和垂下視線，望著鞋子前方走路，沮喪與遺憾拖得他腳步沉重。最近他和端木眞的處得很好，他甚至認眞考慮要說出眞相，也期盼在換回身體之後，能夠重新認識彼此。

現在他連做夢都不敢想了，忽然覺得自己眞傻，端木根本一點都不喜歡自己原本的模樣。

Chapter 22

距離大明星住處二十分鐘車程的地方，有家雅致的茶餐館，供應飯、麵、茶點，以及各種茶品，環境和服務都在水準之上。

近兩年來，端木每隔一陣便會光顧這家餐館，通常都坐同一張餐桌，每次都有一名中年女子等著他。

今天是平日下午，茶餐館客人不多，端木在老位置坐下，微笑著將一只繫著緞帶的霧銀色盒子推過桌面。

「媽，生日快樂。」他輕聲說。

中年女子是他的母親，嫻雅的氣質很襯餐館的古風裝潢。

她朝兒子露出溫暖的笑容，不急著拆開收下的禮物，她知道內容物是自己指定的一對耳環。

她的長男端木沐優點很多，就是不擅長挑選送女性的禮物，因此她每年生日或母親節，都會事先指定禮物，幫彼此省下麻煩。反正她要的是和兒子相處的時光，禮物只是爲了讓兒子心安。

「晚上大家要聚餐爲我慶生，聽阿潮說，你又不來了。」

「Chris知道妳這樣叫他，會生悶氣。」

「他沒聽到，不要緊。」端木夫人掩嘴一笑。她雖到中年，但是保養得宜，外表嬌美依舊。

「最近還好嗎？家裡都沒事吧？」

「我們都好。對了，你弟的女朋友前陣子把狗狗寄養在我們家半個多月，那隻狗個性活潑，容易興奮，惹得你爸心煩得要命。」

端木夫人笑呵呵講起養狗趣事，還有好幾則因爲人狗不合，丈夫和次子在家裡爆發的小衝突。

「我猜，爸後來都怪我做了壞榜樣，帶歪弟弟。」

「哎呀，好準！我就跟你爸說過，最了解他的就是大兒子，果然沒錯。」

端木只能苦笑以對。

夫人收斂笑容，稍微正經道：「聽我說，你們父子愛怎麼鬧、怎麼吵都無所謂，就是千萬不要不理媽媽。」她眼裡現出一絲憂色。

「怎麼會呢，我不是正在陪妳嗎？」

端木夫人這才放下心來，恢復笑容。

下午茶餐點一起被送上來，鋪了滿桌，母子倆邊吃邊聊生活瑣事，母親負責說，做兒子的專心聽，只在必要時應幾聲。這是端木和多數人慣常的相處模式，冷面話少，至於是個性使然，還是心情低落，那是做母親的才看得出來。

「工作不順心嗎？」她問兒子。

端木僵了一下，接著端起茶喝，沒有立即回答。

根據兒子的反應，端木夫人便知道，對方的不開心跟工作有關，卻不是工作本身。

「感情方面的問題？」

「我有個……在意的人，可是……」端木好不容易開口，話說到一半，又遲疑著沉默下來。

「可是？」

端木盡力想整理出頭緒，然而那個人的變化，自己都搞不懂，哪有辦法跟旁人解釋？

「沒什麼好說的，反正我和他不會有結果。」

「爲什麼？是不是介意你爸的想法？」

「如果我在乎爸的想法，我老早就『改正』性傾向，跟他和好了。」

看兒子低下頭，忽然忙著喝茶吃點心，端木夫人知道自己已經問不出什麼。她熟悉兒子的性格，催逼都沒用，不小心還可能出現反效果。

「從小，我就最擔心你這一點，從來不介意別人的眼光。人家不懂你，甚至誤解你，全部無所謂，你就是不爲自己解釋。」

母親說的是事實，端木不打算辯駁。

「你不管媽媽心疼，不在乎親友說話，都沒關係。唯獨對你在意的人，得給人家一個懂你的機會。感情不是讓你遠遠拿來觀察分析，要置身其中，才有體會、才看得清。就算發現自己看走眼，失敗了，又怎麼樣？」她伸手越過桌面，輕拍兒子的手背，微笑道：「頂多再換個工作嘛！」

端木忍不住笑，母親果然猜中這份感情與工作有牽連，她總是能夠猜到，當年在警隊時也是如此。

「答應媽，認眞考慮一下？」

「好，我會考慮。」

✦

在祕書與特助的世界裡，擔任萬萬不可出版社的總經理祕書，很難用好或不好來概括。

梅曦明不是惡上司，也算不上親切隨和，許多時候甚至顯得任性、幼稚。

他生活得講究，祕書需要熟記的細節不少，但是他的心思不難揣度，也不把下屬當成沒有人權的奴隸。他不介意部屬在放假時拒接工作電話，可是你失誤叫他一聲梅總，他會耿耿於懷很久很久。

或許就是這個原因，讓總經理牢牢記著那個《盜火人》編輯部的年輕小記者。

梅曦明的祕書參不透老闆最近的改變，本來老闆有自己的步調，不一定幾點出現在辦公室，現在十點以前就看到人的日子變多了。

每次進出大樓，老闆還要用各種名目經過《盜火人》編輯部，和舒姓小記者交換幾句廢話。

如果對方不在公司，老闆就魂不守舍大半天。

這個怪病本來已經夠嚴重，今天症狀又有變化。

他們和小記者在電梯巧遇，對方終於記得叫一聲總經理，沒有嗆人、沒有挑釁、沒有任何失禮的言行。

總經理卻悶悶不樂到現在，躺在辦公室沙發上，對什麼事都提不起勁，還聽見他喃喃自語，「難道我不再特別了嗎？」

見鬼的，那到底是什麼意思？

總經理室的門忽然被打開，整棟大樓只有一個人敢這麼做，祕書在看到人影之前先開了口，「董事長，您早。」

「哈哈，依我的作息，是早了一點。」

董事長張鳳翔快活地進門，一身帶花紋亮面西裝，搭配鮮豔領巾、花香古龍水，和他的名字組成了一整套。

他揮了揮手，祕書立刻鞠躬告退，反手帶上門。

「快聽我說，我有個新系列的絕妙靈感！」張鳳翔搓著雙手，笑容滿面來到老友梅曦明面前，「這次要寫的是心理驚悚，主角是名上班族，隨處可見的那種……課長之類的吧？一成不變的生活令主角厭倦，於是他利用工作上的人事決定權，僱用易於操控的年輕職員，進行社會實驗──」

他說得眉飛色舞，他的老友兼頭號讀者，卻如軟泥般癱在沙發上，盯著天花板的雙眼黯淡無光，彷彿靈魂不在現場，太不對勁。

「怎麼回事，不潑我冷水，說我不可能搞得定心理驚悚嗎？」

「你是董事長，想寫什麼就寫。」梅曦明依舊呆望著天花板。

「你在搞什麼鬼？」張鳳翔在他對面坐下，催促道：「有什麼煩心事快說出來，我們先解決你的心事，再討論我的靈感，快說快說！」

梅曦明實在不想說，可是他這個好朋友的興致一來，糾纏不休的功力高深，比任何煩心事都煩。他拗不過，揀著重點把如何和小記者一夜情，日後又如何念念不忘都說了。

「我眞的是喜歡他嗎？」梅曦明抛出疑問，又連連搖頭，自己回答，「不，不可能，我不可能是喜歡他。」

「是新鮮感在作祟吧！記得我們第一次逛夜市，迷上攤販小吃那時候嗎？因爲是從沒嚐過的滋味，每天都想吃，吃到後來膩了，感覺就淡了。現在我連當初著迷的是什麼食物都不記得。」

張鳳翔努力在記憶中搜索那道曾經的美食，只依稀記得氣味強烈，香味誘人，他們跟著人群排隊，嘻嘻哈哈聊著學校的事。他的少爺人生中很少親自排隊，耗費時間的過程，也是新鮮感的一部分。

梅曦明從沙發爬起，認眞看著好友，「問題在於，他不願意讓我吃到膩。」

「哦，新鮮感加上挑戰性！」張鳳翔調整了個舒服的坐姿。他喜歡聽親友訴說感情困擾，可惜他沒有事先叫人送咖啡點心進來，少了一些享受。

「展現過你的優勢嗎？比如你經常做的，帶他到頂級飯店的高樓層房間，看看你多有錢，順便欣賞夜景？」

「試過了，還提過我的新車，可是他不在乎，他比較關心藍色小精靈。」

張鳳翔的眼神閃縮了一下，「我不太了解你們的圈子，那是……性暗示嗎？」

「他指的是眞正的藍色小精靈。」

「藍色小精靈是眞的？」

「我們不要再鬼扯下去了！」梅曦明握住拳頭，咬牙道：「總之他沒有把金錢看在眼裡。」

「該不會你遇到了某個低調的豪門子弟？」

「不是，我看過人事檔案，他的家世普通，沒什麼特別之處。」

「人事檔案……他、他是我們家的員工？」張鳳翔大吃一驚，「忘記我們爲什麼叫做萬萬不可嗎？就是每天提醒你，萬萬不可對員工出手！」

「不要臨時瞎編好嗎？命名的原因，不就是你覺得這個名字很好玩？」

張鳳翔嘖嘖兩聲，把眞正的原因隨便撥到一邊去。

「說眞的，你明知道我弟多厭惡這種事，萬一被他發現你不但和員工亂搞，之後還騷擾人家，後果不堪設想。他可能會對你剝皮抽筋，骨頭拿來熬湯，做成牛筋牛肉……啊，這讓我想起我書中的那家火鍋店，我始終覺得店裡的用料欠缺了什麼……」他撫著下巴，深思起來。

「我知道你的意思，不要又提那家噁心的火鍋店！你以爲我想要這種困境、這種煩惱嗎？我實在找不到方法停止……停止……想他。」梅曦明又倒回沙發，苦惱地閉起眼，「有時候，我甚至想過不當總經理算了。」

「等一等，你要離開我和出版社，選擇愛情？」

「沒有人提到愛情，頂多是你說的挑戰和新鮮感……喂，你在幹嘛？好好聽別人說話行不行？」

「難得你那麼認眞，我要看一看這個員工的檔案。快說，什麼部門？什麼名字？」張鳳翔大搖大擺坐到總經理的辦公桌前，開始操作電腦。

梅曦明如實相告，總比讓他的好友四處打聽窺探，弄得人盡皆知要好。

「看人事檔案沒用，他的照片和眞人是兩回事。長相當然相同，可是感覺天差地遠，我也沒辦法解釋清楚。」

「是嗎？那我就看一看眞人。」

張鳳翔放開滑鼠，拿起桌上的電話，找總經理祕書。

「有件急事，你處理一下！」對方一接起，他省略所有解釋，劈頭便下令，「《盜火人》編輯部的那個舒清和，你馬上把他叫進小邊邊會議室。嗯……對，你知道是哪一間就好，會議室的正式名稱不重要。進到那裡頭，記住讓他面對著窗戶站，然後你們聊個五到十分鐘。」

他停頓下來，聽祕書說了一陣，又開口，「隨便啊，聊什麼都可以。至於我的用意，當然是非常好的，就是不能說出來……這樣明白嗎？好，都明白就好，你們就位的時候通知一聲。」

通話結束後，他若有所思地轉向梅曦明，「你的祕書聽起來很疲倦。」

「別在意，他經常是那個樣子，我也不搞清楚他爲什麼疲倦。」

幾分鐘後，梅曦明的手機震動，祕書傳來訊息，董事長要找的人已經在會議室了。

董事長大感興奮，用力一拍手，「太好了，出發！」

選擇小邊邊會議室，看中的是和它連通的儲藏間。走進儲藏間，從連通門上的玻璃窗能看見會議室內部，角度十分巧妙，會議室裡的人通常不會發現他們。

張鳳翔和梅曦明很快抵達儲藏室，躡手躡腳貼上那扇連通門，透過窗玻璃，果然看見會議室裡的兩個人。

祕書的背影首先被認出來，和他面對面說話的高個子想必就是目標。

「是他嗎？」張鳳翔悄聲問。

梅曦明吞嚥了一下，點點頭，「對，是他。」

他們倆擠在小窗邊，肩膀抵著肩膀，屏住氣息，小心翼翼不被發現，就爲了偷看幾眼隔壁的男孩子，彷彿重返學生時代，既荒謬又叫人莫名興奮。

張鳳翔幾乎把整張臉都貼上玻璃，努力看了又看。

目標的雙手放在褲袋裡，抿著唇，正在聽祕書說話，視線卻落在比他矮不少的祕書頭頂附近，那種想走又不能走、勉強留在原地的神情表露無遺。

他的樣貌算得上清秀，有雙令人羨慕的長腿。此外就沒什麼值得多看兩眼的地方，打扮也和外頭千千萬萬個媒體從業人員差異不大，素色襯衫、深藍牛仔褲，簡單方便，不引人注意。

如果不是好友親口確認，張鳳翔還以爲找錯了人。

「沒什麼不好，也沒什麼特別的地方，我不懂你的神魂顛倒。」

「沒有神魂顛倒……算了，以你的品味本來就不會懂。」老友看不出他的小記者的魅力，梅曦明心底有股難以解釋的不愉快。

「我的品味好得很，你別太嫉妒我和親親寶貝的美滿婚姻。」

「對，我好嫉妒，你們千萬要白頭偕老，別把親親寶貝放出來害人。」

「你這個暗戀下屬的傢伙，沒資格諷刺我。」

「沒有暗戀！」

他們邊鬥嘴邊走出儲藏間，一名員工碰巧經過，忽然看見老闆在附近無所事事，驚訝地睜大眼停下腳步。

他手裡有只文件夾，就那麼剛好要送去董事長辦公室。

「啊哈，我正在等這份資料！」

張鳳翔半途攔截文件，高高興興翻閱起來，「新出爐的全國黃金單身漢排行榜，預計明天公布，我們搶先來看看你的名次。」

梅曦明翻了個白眼，再次爲眼前這個已婚男子的無聊程度感到詫異。

他是么子，早早遠離家族事業，經營沒錢途的出版社，身價大受影響。然而他不到四十歲，外貌出眾，拿了筆分家財產穩定投資，又和鉅富萬歷張家關係緊密，兩相平衡之下，近幾年來排名都處在中段位置，今年果然也沒出現太大的變化。

「等年底我弟辦完婚禮，大家的名次都會上升。」好友安慰他道。

「即使總裁離開單身榜單，這傢伙的排名還是在我前面。」

對，整體上升一個名次，毫無意義。梅曦明挨近過去，從自己的名字往上搜尋。看到友人在意的姓名，張鳳翔笑了出來。

「藍思禮？他可是個巨星，比你有錢、年輕、影響力更大，你就贏他一個身體勇健，還敢不服啊？」他伸手肘頂了友人一下，「更何況，你不是也常說藍思禮多美多美嗎？每次出席萬歷的場子，你第一個就找他在不在，找到之後就目不轉睛，根本沒辦法跟你聊其他事情。」

梅曦明並不否認，他的確在藍思禮出道不久後就注意到對方，還因此得到總裁的親自警告，要他離萬娛的明日之星遠一點。

他對總裁又敬又怕，從沒破壞過規矩。雖然他經常嘴硬不承認。

「別說得太誇張，我只是對總裁的小金絲雀感到好奇罷了。」話剛出口，他看到張鳳翔的目光移動，便也跟著轉身。

他們耽擱得太久了，《盜火人》的小記者已經離開會議室。此刻就在同一條走廊上，歪頭瞅著他們，生動的焰火在眼瞳中閃爍，和先前聽祕書說話時，那要死不活的模樣判若兩人。

祕書從他背後探出頭來，發現上司們傻站在不遠處，嘆了口氣又縮回會議室。

「藍思禮不是金絲雀，是噴火惡龍。」小記者齜牙咧嘴吐出這句話，接著又惡狠狠一瞪，便掉頭離開了。

梅曦明的心跳突突加快。小記者是不是在生氣，因爲張鳳翔最後說的那幾句話？小記者嫉妒他欣賞藍思禮嗎？如果是的話……如果是的話……不，不對，他沒有喜歡小記者，怎麼可以覺得好驚喜？

「現在我看出來他的特別之處了，一點都不把董事長和總經理放在眼裡，囂張得好自然。」

張鳳翔說著轉過頭來，發現好友的神魂都跟著對方走了，那模樣竟然和以往幾次見到藍思禮時有些相似。

「來吧，」他同情地拉著友人，「回辦公室，我介紹優秀的諮商心理師給你。」

未完待續

國家圖書館出版品預行編目資料

喜歡你的人生嗎？／白狐著. -- 初版. -- 臺北市：
城邦原創股份有限公司出版：英屬蓋曼群島商家
庭傳媒股份有限公司城邦分公司發行, 2023.02
面；公分. --
ISBN 978-626-7217-17-7（上冊：平裝）. -
ISBN 978-626-7217-18-4（下冊：平裝）

863.57　　112000903

喜歡你的人生嗎？（上）

作　　者／白狐
企畫選書／楊馥蔓　　行銷業務／林政杰
責任編輯／高郁涵、林辰柔　　版　　權／李婷雯

副總經理／陳靜芬
總 經 理／黃淑貞
發 行 人／何飛鵬
法律顧問／元禾法律事務所　王子文律師
出　　版／城邦原創股份有限公司
台北市中山區民生東路二段 141 號 6 樓
電話：(02) 2509-5506　傳眞：(02) 2500-1933
email：service@popo.tw
發　　行／英屬蓋曼群島商家庭傳媒股份有限公司城邦分公司
聯絡地址：台北市中山區民生東路二段 141 號 11 樓
書虫客服服務專線：(02) 25007718・(02) 25007719
24小時傳眞服務：(02) 25001990・(02) 25001991
服務時間：週一至週五09:30-12:00・13:30-17:00
郵撥帳號：19863813　戶名：書虫股份有限公司
讀者服務信箱 email：service@readingclub.com.tw
城邦讀書花園網址：www.cite.com.tw
香港發行所／城邦（香港）出版集團有限公司
地址：香港灣仔駱克道 193 號東超商業中心 1 樓
email：hkcite@biznetvigator.com
電話：(852) 25086231　傳眞：(852) 25789337
馬新發行所／城邦（馬新）出版集團 Cité(M)Sdn. Bhd.
41, Jalan Radin Anum, Bandar Baru Sri Petaling,
57000 Kuala Lumpur, Malaysia.
電話：(603) 90563833　傳眞：(603) 90576622
email:services@cite.my

封面插畫／信步
封面設計／Gincy
電腦排版／游淑萍
印　　刷／漾格科技股份有限公司
經 銷 商／聯合發行股份有限公司
電話：(02)2917-8022　傳眞：(02)2911-0053

■ 2023 年 2 月初版
■ 2023 年 3 月初版 2 刷
Printed in Taiwan

定價／320元

ISBN 978-626-7217-17-7

城邦讀書花園
www.cite.com.tw